퇴근 후 글 쓰러 갑니다

일러두기

이 책에서는 본용언과 보조용언을 띄어 쓰는 것을 원칙으로 하였으나,
본문에서 소개하는 책 제목 또는 책 내용 가운데
본용언과 보조용언을 붙여 쓴 경우 그 원문대로 싣습니다.

평범한 일개미의 작가 데뷔 프로젝트

퇴근 후 글 쓰러 갑니다

서양수 지음

두사람

프롤로그.

'내 책 출판'이라는 사이드 프로젝트를 위해

퇴근 후 글을 씁니다

쓴 글을 모아 책으로 엮다 보니 벌써 네 권째 출간이네요. 그런 저를 보며 주변에선 신기한 듯 물었죠. 대체 언제 그렇게 썼어? 얼마나 써야 되는 거야? 그래서 얼마나 벌었어? 각양각색 다채로운 질문이 쏟아졌습니다. 회사에서 매일 보던 사이였는데, 방망이 깎는 노인처럼 일하던 무채색 회사원인 줄만 알았는데 책을 썼다고? 게다가 그 책이 베스트셀러가 됐다고? 사람들은 저를 보며 컬러로 된 똥을 본 듯한 표정을 지었습니다.

"그냥 재미로 써요. 허허."

사람들의 질문에 웃음으로 답하며 알게 됐죠.

'아, 그들도 쓰고 싶구나.'

생각해 보면, 내 이름으로 된 책 한 권 쓰는 걸 로망처럼 여기는 이들이 많은 것 같습니다. 그중 가장 집요한 질문 공세를 해온 사람이 바로 선배 K였습니다. 그는 어느 날, 마니또에게 고백하는 소년처럼 수줍게 저를 찾아왔습니다. 본인도 책을 쓰고 싶다면서 말이죠.

그렇게 그에게 책 쓰기 코칭을 시작했습니다. 제가 그동안 책을 내며 알게 된 출간 노하우를 그에게 모두 전하기로 마음먹었죠. 그땐 상상도 못 했습니다. 출판 지식이 전혀 없던 선배 K가 자기 이름으로 책을 내고, 정말로 베스트셀러 작가가 될 줄 말이죠. 돌이켜 보니 제가 호랑이 새끼를 키운 게 분명합니다. 좀 당황스럽긴 하지만 저의 노하우와 지식을 양분 삼아 그가 무럭무럭 성장한 거라고 믿기로 했습니다.

그와 제가 무슨 이야기를 나누었을까요. 이 책은 그와의 대화록이며, 성공 일기이자, 누구나 쉽게 따라 할 수 있는 출간 공략집입니다. 그와 함께 나눈 고민과, 수다와, 풀리지 않던 궁금증과, 머리를 쥐어뜯으며 찾던 해법을 복원하려고 합니다. 보다 많은 분들과 알찬 성공 사례를 공유하기 위함입니다. 그간 제가 몸으로 부딪혀 쌓게 된 출간에 대한 모든 것, 그러니까 시행착오와 실수까지 가감 없이 공유하려고 합니다.

선배 K가 우여곡절 끝에 한 권의 책을 출간하기까지 성장 스토리도 함께 담을 예정입니다. 재미있으면서 유익하기까지 하며, 실화를 바탕으로 한 꿀팁이 가득 담긴 이 책을 통해 여러분도 글쓰기 뽐뿌 받기 바랍니다. 또 책 쓰기 뽐뿌도 함께 받기 바랍니다. 그렇게 올해는 기필코! '내 이름으로 된 책'을 내고 싶은 분들께 아주 작은 도움이라도 드릴 수 있었으면 합니다.

인생에 수식어라곤 회사원이 유일한 당신께

퇴사가 낭만처럼 여겨지는 시대. 그렇게 나를 옥죄는 끈을 놓고서 어딘가로 훌쩍 떠나 버려야 멋져 보이는 날들을 우리는 살고 있습니다. 남이 시켜서 하는 일을 반복해서 하다 보면 누구나 탈출을 꿈꾸게 됩니다. 그런 공감이 모여 '퇴사'라는 단어가 이 시대의 핫한 키워드가 된 것 같습니다. 그런데 퇴사가 근본적인 해결책이 아니라는 건 우리 모두가 알고 있죠. 막상 회사를 떠나고 나면 무엇부터 해야 할지 더 큰 공허가 덮치는 까닭입니다.

회사 생활을 하다 보면 내가 하는 일에 온전한 주인이 되기 어렵습니다. 시작부터 끝까지 스스로 오롯이 결정하기보단, 참모로서 의사 결정권자를 서포트해야 하는 게 현실이니까요. 그래서 저는 '사이드 프로젝트'를 추천합니다. 퇴근 후, 과감하게 나만의 프로젝트를 시작하라고 말합니다. 바로 '내 책 출판'이라는 프로젝트를 말이죠.

글을 쓴다는 건 내가 만든 세상의 창조주가 되는 일입니다. 글을 통해 내가 기획한 일의 온전한 주인이 되어 보길 바랍니다. 회사에서는 도저히 느낄 수 없는 성취와 짜릿함을 꼭 한번은 느껴 보길 바랍니다. 특히 본인이 일하는 분야의 책을 쓰면, 적어도 책 한 권은 풀어낼 수 있는 전문가로 자신을 포지셔닝할 수 있습니다.

평생직장이란 개념이 사라진 지금은 퍼스널 브랜딩의 시대입니다. 이제 '나'라는 사람을 한마디로 표현할 수 있어야 합니다. 이때 내가 쓴 책은 나를 보여 주는 최적의 수단이 됩니다. 또한 나만의 스토리가 되며 나만의 '인생 스펙'이 되죠. 수많은 미생들이 내일을 불안해하는 까닭은 무엇일까요. 바로 회사라는 시스템을 벗어날 경우 그다음이 막막해서가 아닐까요. 직장명이 아닌, 내 이름 석 자로 무엇을 할 수 있을지 두려움부터 생기니까요. 책 쓰기를 통해 스스로를 알리고 '나만의 브랜드'를 만들기 바랍니다. 더 많은 분들이 출간 기회를 잡았으면 합니다. 그게 바로 이 책을 펴낸 이유입니다.

2021년 5월

서양수

차례

프롤로그. '내 책 출판'이라는 사이드 프로젝트를 위해 4

1부. 출간 준비

1장. 쓰지 못해 변비에 걸린 당신에게 12
2장. 출판사를 통해 책을 내면 뭐가 좋은데? 19
3장. 쉽게 이해하는 출판 과정 8단계 29
4장. 출판이 되는 글과 되지 못하는 글은 어떻게 다를까 39
5장. 책 한 권을 내려면 글의 분량이 얼마나 돼야 할까 50
6장. 인세 특집-책을 내면 대체 얼마나 버는데? 59
7장. 인세 특집-인세보다 더 쏠쏠한 게 바로 이것! 67
8장. 따라 하면 책이 되는 글쓰기 루틴 73
9장. 글재주가 없어도 책을 낼 수 있을까 85
쉬어 가요 1. 글쓰기는 장비발-작가가 만든 글쓰기 툴 93

2부. 제안서 씹어 먹기

1장. 출판사별 제안서 사례 102
2장. 제가 쓴 제안서를 공개합니다 112
3장. 기획 의도 다시 쓰기 121
4장. 작가 소개 이렇게 써 볼까 131

5장. 프로 작가들의 셀프 소개 엿보기 143
6장. 자잘한 질문들을 위한 해법 150
7장. 출간하기, 대형 출판사가 진짜 좋은 거 맞아? 161
8장. 실전에선 노벨상 수상자도 까이는 이유 168
쉬어 가요 2. 글쓰기는 장비발-마법사의 귀마개 176

3부. 계약과 탈고

1장. 출판사와 첫 번째 미팅, 대체 무슨 말을 해야 할까 182
2장. 꼭 알아야 할 출판 계약 4단계 192
3장. 모르면 당하는 저작권 분쟁
-무료 법률 상담 꿀팁 대방출 201
4장. 알면 도움되는 내 책 마케팅 211
5장. 위기는 왜 항상 뒤통수를 노릴까 218
6장. 책을 내면 비로소 달라지는 것들 225
7장. 그의 책은 어떻게 베스트셀러가 됐나 232
8장. 다시, 퇴근 후 책 쓰러 갑니다 239

에필로그. 책 한 권을 얻었습니다 243

1부.

출간 준비

1장. 쓰지 못해 변비에 걸린 당신에게

선배 K가 '그 이야기'를 꺼낸 건 어두운 회의실에서였습니다. 고해성사를 하러 온 듯 살짝 긴장한 그의 모습. 답답한 마음에 제가 먼저 입을 열었습니다.

"무슨 일이에요, 형?"

"음, 그게 말이야."

"네, 그게 뭐요?"

"이번에 낸 책은 좀 팔려?"

"푸하하. 아니, 맥락도 없이 그게 무슨 말이에요."

긴장한 그의 모습에 웃음이 터졌습니다. 웃음소리가 새 나갈까 싶어 조용한 사무실 쪽으로 고개를 돌려 눈치를 살폈습니다. 그는 한정판 피규어를 사러 온 덕후처럼 간절해 보였습니다.

"쉿!"

작당 모의라도 하려는 듯 조심스럽던 그가 어렵게 꺼낸 말의 요지는 이것! 그도 '책을 쓰고 싶다'는 것이었죠.

"형이 이렇게 진지하게 관심 있을 줄은 몰랐네. 아무튼 그래서 무슨 책을 내고 싶은데요?"

호기심이 생긴 저는 되물었습니다. 네가 찾는 피규어가 정확히 뭐냐고 집요하게 묻는 악덕 사장처럼. 미지의 세계에 발을 들여놓은 그가 당황하는 게 재미있어 더욱 낄낄거리며 말이지요. 어디 선배 K뿐일까요. 우리 모두 마음속 한구석에 '언젠가

는' 내 이름으로 된 책 한 권 내고 싶다는 생각을 품고서 사는 것 같습니다. 일종의 로망이랄까요.

"근데 형, 그거 알아요? 요즘은 독자보다 작가가 많은 세상이래요."

책 읽는 사람은 점점 줄어드는데 책의 종류는 더 다양해지고 그렇게 책을 내는 사람들도 많아지고 있습니다. 저 같은 평범한 회사원도 책을 내고 있으니까요. 그렇지만 뭐 어떻습니까. 자기 표현 욕구가 다양하게 표출되는 중이라고. 그렇게 저는 기분 좋게 해석했습니다. 다양한 목소리가 들리는 사회가 건강한 사회일 테니까요.

'내 책 내기' 프로젝트를 시작하며

"형! 그럼 나랑 한번 해 봐요! 내가 영업 비밀 대방출할 테니까 꼭 멋지게 성공해요!"

처음 책을 쓸 때 어리바리하던 제 모습이 떠올라서였을까요. 무엇부터 시작해야 할지 조심스레 묻는 선배 K를 보며 말했습니다. 나아가야 할 길을 몰라 답답했던 기억이 새록새록 떠올랐습니다.

글부터 써야 하나, 출판사부터 찾아야 하나, 글을 쓴다면 대체 얼마나 써야 하나, 이렇게 시간과 노력을 갈아 넣어서 글을 썼는데 책으로 엮지 못하면 아까워서 어쩌나. 그렇게 출판사에 노크를 하며 벌벌 떨었습니다. 그뿐만이 아닙니다. 출간 과정에서 조마조마했던 게 한두 번이 아니었습니다. 계약서를 잘못 쓴 건 아닐까. 다른 초보 작가들처럼 남 좋은 일만 시키는 건 아닐까. 예민하게 굴면서 표현 하나하나에 전전긍긍했던 것도 떠오릅니다. 문장 하나 수정하는 데 열을 올리며 담당 편집자와 대판 싸웠던 것도 기억나고요. 지나고 나서 보면 별것 아닐 수 있는데요. 그땐 왜 그렇게 다 걱정거리였고 또 어리숙했는지 모르겠습니다. 선배 K를 보며 생각했죠.

'내가 먼저 경험했던 것들, 시행착오 끝에 하나하나 알게 된 방법들을 공유해야겠다. 표준계약서의 존재조차 모르던 시절, 무료로 법률 상담을 해 주는 곳을 알게 되었을 때 얼마나 기뻤나. 제안서에 어떤 내용을 넣어야 할지 몰라 밤을 새운 적은 또 어떻고.'

참으로 많은 삽질을 했음을 저 스스로 너무도 잘 알고 있었습니다. 제가 겪은 이 모든 일이 실은 대단한 게 아닐지도 모릅니다. 그렇지만 '적어도 선배 K가 나와 같은 실수를 반복하지는 않았으면 좋겠다'는 마음이 컸습니다. 그리고 무엇보다도 출간의 기쁨이 얼마나 큰지 그가 알게 되기를 바랐습니다. 자신의 이야기가 책이라는 형태로 서점 매대에 진열되는 기쁨! 그 짜릿함을 느끼게 해 주고 싶었죠.

저는 아직까지도 첫 번째 책이 줬던 환희를 잊지 못합니다. 조금 오버스러운 감격에 젖어 몇 번이나 표지를 쓰다듬었죠. 흡사, 인간이 에이아이AI와 사랑에 빠지는 영화 〈그녀Her〉의 남자

주인공 테오도르 같았습니다. 표지에 얼굴을 비비며 나의 첫 책과 사랑에 빠지는 상상을 할 정도였으니까요. 어쨌든 선배 K에게 제가 느낀 기쁨, 그 이상을 선물하고 싶었던 겁니다.

그리고 또 하나! 사무실에서 하루 종일 화분처럼 앉아 있는 그에게 새로운 보람을 안겨 주고 싶었습니다. 하고 싶은 말들을 참고 참으며 살아가는 이가 어디 선배 K뿐일까요. 아마도 저를 포함해 세상의 모든 직장인이 공통으로 갖는 애환일 것입니다. 굳이 거창하게 마르크스까지 인용하지 않더라도 우리는 우리의 노동과 일로부터 얼마나 소외되는 삶을 살고 있느냔 말이지요. 반대로, 누군가의 참모가 아닌 주인으로서 내 일을 처음부터 끝까지 스스로 결정하는 경험은 얼마나 멋진 일일까요. 글을 쓴다는 것. 그것은 내 이야기의 창조자가 되는 경험입니다. 내가 만든 세상의 신이 되는 체험이고요. 그야말로 그 누구도 빼앗아 갈 수 없는 짜릿한 재미이기도 합니다.

"그래서 형! 직장인일수록 꼭 책을 써야 돼요! 안 그럼 변비 걸려요."

그에게 결연하게 말했습니다. 하고 싶은 말을 참으면 병이 됩니다. 반대로 하고 싶은 말을 이야기로 엮으면 책이 되죠. 그렇게 저마다의 이야기를 품고 세상에 나오게 된 책들은 은하수처럼 빛날 겁니다. 또 어떤 책들은 자신만의 멋진 별자리를 만들지도 모르겠네요. 저는 선배 K의 이름 석 자가 떡하니 박힌 책이 어떤 빛을 낼지 궁금해졌습니다. 집요하리만치 성실하고 반듯한 모범생이지만 엉뚱하고 괴짜 같은 매력이 있는 그라면 멋지게 해낼 것 같았거든요. 분명 자신만의 빛을 내며 반짝이는 별을 만들 수 있으리라 믿었습니다.

"그래 좋아! 근데 빛나기 전에 대체 뭐부터 해야 되는 거야?"

출판 형태

의욕을 뿜뿜 뿜어대는 그를 포함해 데뷔작을 준비하는 작가들 모두가 비슷한 생각을 할 겁니다. 당장 무엇부터 시작해야 할지 모르는 막막함. 물론 저도 그랬고요. 그런데 가장 먼저 실행할 일이 무엇인지 알아보기에 앞서 말씀드리고 싶은 게 있습니다. 다름 아닌 '출판의 형태'입니다. 개인이 책을 내는 방법은 다양합니다. 그중에서 제가 선배 K에게 알려 주고 싶은 방법은 바로 출판사를 통해 책을 펴내는 것입니다. 독자 여러분께도 그 방법을 추천하는 것이고요.

"그럼 출판사를 통하지 않는 방법도 있어?"

"네! 요즘엔 다양한 방법들이 있어요. 독립 출판, 자비 출판 뭐 이런 것도 있고."

개인이 책을 낼 수 있는 방법은 확실히 많아졌습니다. 제가 처음 글을 쓰기 시작했던 플랫폼 '브런치'에서도 자가 출판을 도와주는 툴을 제공합니다. 그러나 다시 한 번 강조하건대 출판사를 통해 출간하는 방법을 추천합니다. 이것은 우리가 서점에서 흔히 보는 책 대부분이 출판된 방식이며 아주 고전적인 방법입니다. 그리고 확실한 장점이 있는 방법이기도 하고요.

그럼 제가 추천하는 방식의 장단점을 좀 더 명확히 살펴보는 게 좋겠네요. 다음 장에서는 '출판사를 통한 출판'과 '독립 출판'을 비교해 보겠습니다. 그렇게 선배 K가 던진 물음에 대한 답을 적어 보려고 합니다.

정리

이 책의 서두에서는 선배 K와 처음으로 '내 책 출판'에 대해 이야기했습니다. 내 글을 쓰는 기쁨, 내 책을 내는 재미에 대해 말씀드렸고요. '내 이름으로 책 내기' 프로젝트가 이제 막 닻을 올리고 순항하려 합니다. 무언가를 시작한다는 건 두려운 일이지만 동시에 두근거리는 일이기도 하죠. 선배 K의 표정에서 기분 좋은 긴장감이 엿보이네요. 그에게 출판을 안내하는 항해사로서, 드디어 제 역할도 시작되었습니다. 이 항해를 따라가며 독자 여러분도 나만의 사이드 프로젝트를 시작할 수 있길 바랍니다.

2장. 출판사를 통해 책을 내면 뭐가 좋은데?

저는 사실 출판사를 통한 출간을 가정하고서 이 책을 시작했는데요. 요즘 유행하는 독립 출판에 대해서도 알아보려 합니다. 출판사를 통한 출간, 독립 출판 그 두 형태의 중간 영역에 있는 방식도 살펴보겠습니다. 비교를 통해 각각의 장단점을 명확히 파악하기 위함입니다.

독립 출판

"독립 출판은 작가 본인이 모든 출간 과정을 도맡아 스스로 진행하는 거예요."

선배 K가 동그란 안경 속에서 두 눈을 끔뻑거렸습니다. 저는 노트에 차근차근 써 가며 설명을 계속했습니다.

"독립 출판의 가장 큰 장점은 자신이 모든 과정을 독자적으로 진행한다는 거예요. 그만큼 큰 자율성을 가질 수 있죠. 주제 선정부터 디자인까지 전부 다 내 맘대로 할 수 있다고나 할까?"

'독립'이라는 말이 상징하듯 독립 출판은 출판사의 투자로부터 벗어나 순전히 작가의 소자본으로 만들어집니다. 출판사의 자원이 투입되지 않기에 출판사에서 고려하는 투자 자본 수익률Return on Investment에 대해서도 염려할 필요가 없습니다. 즉, 내 책이 시장에서 수익을 낼 수 있느냐 없느냐의 문제에서 좀 더 자유로울 수 있죠.

결정적으로 출판사에 내 책을 출판해 달라는 '제안서'를 돌리지 않아도 됩니다. 이는 출판사의 간택을 받지 않아도 된다는 말이고요. 처음 도전하는 예비 작가에게 크나큰 부담이 될 수 있는 이 과정이 생략되는 것만으로도 큰 안도감이 생길 겁니다.

"아, 그러네. 이 방법은 확실히 부담이 좀 덜하겠다."

이러한 독립 출판은 다양한 주제의 책이 탄생하는 자양분이 됩니다. 출판사의 문턱을 넘지 못했던 다채롭고 개인적인 이야기들이 시장에 나올 수 있는 계기가 되기 때문이죠. 독립 영화가 일반 상업 영화에 비해 보다 다양한 주제를 다루는 것과 비슷합니다.

이렇게 말하고 보니 독립 출판이란 꼭 시장성이 없는 책이라는 소리처럼 들릴 수 있겠네요. 그렇지 않습니다. 독립 출판으로 만들어진 책들이 입소문을 타고 베스트셀러에 오르기도 하니까요. 《죽고 싶지만 떡볶이는 먹고 싶어》*, 《언어의 온도》** 등이 대표적인 사례입니다. 사실 꽤 충격적인 일이었죠. 인디밴드가 단숨에 빌보드 차트에 올라간 격이랄까요. 출판계의 지각 변동을 예고하는 신호탄 같은 사건으로 저는 해석했습니다.

"물론 독립 출판은 한계점도 명확해요. 편집과 디자인은 물론, 책을 전국 서점에 배포하는 일, 재고를 관리하는 일 등 까다

---

* 《죽고 싶지만 떡볶이는 먹고 싶어》, 백세희 저, 흔, 2018.

** 《언어의 온도》, 이기주 저, 말글터, 2016.

로운 유통 과정도 출판사의 지원 없이 해내야 해요."

출판사는 전국 서점을 대상으로 한 유통 시스템을 갖추고 있습니다. 데이터로 존재하던 원고를 인쇄소에서 물리적인 책의 형태로 만듭니다. 그리고 그 재고를 관리하며, 책을 필요로 하는 서점의 수요에 따라 배포와 회수를 반복합니다.

그러나 독립 출판은 애초에 'ISBN'이라는 발행 형식을 포기한 것이므로 일반 서점 유통이 어렵습니다. 대신 독립 출판을 다루는 독립 서점에만 배포할 수 있습니다. 전국에 있는 독립 서점에 모조리 배포할 수도 있겠지만 이 또한 작가의 시간과 비용을 투자해야 하는 것이고요. 따라서 독립 출판을 통해 책을 인쇄하고 배포하기로 마음먹었다면, 작가의 자본금 투자는 불가피합니다. 반대로 출판사를 통한 출판은 작가의 비용이 들어갈 일은 전혀 없습니다. 오히려 계약 시점에 계약금 또는 선인세를 받게 됩니다. 즉, 작가가 자기 자본금을 투자하느냐, 마느냐. 이게 바로 독립 출판과 출판사를 통한 출판의 결정적인 차이입니다.

독립 출판의 장단점

- 장점: 반복되는 투고와 반려의 수고로움을 감당할 필요가 없다.
- 단점: 초기 투자 비용이 발생한다.

출판사를 통한 출판(기획 출판)

자, 다음으로 출판사를 통한 출판에 대해 이야기해 봅시다. 흔히 '기획 출판'이라고도 불리는 이 방법은 제가 독자 여러분께 추천하는 방식이자, 선배 K에게 특히나 강조해 설명하는 방식입니다. 위에서 말씀드린 독립 출판의 장점과 단점을 뒤집어서 생각하면 기획 출판의 장단점을 쉽게 그려 볼 수 있습니다.

"가장 큰 장점은, 작가가 글에만 집중하면 된다는 거예요!"

출판사와 함께 일할 경우, 작가는 글을 쓰는 것 이외의 모든 도움을 출판사로부터 받을 수 있습니다. 예컨대, 디자인-인쇄-유통-판매-재고 관리-영업-마케팅까지 전문가의 도움을 받아 수월하게 진행할 수 있죠. 앞서 말한 것처럼 물리적 형태를 띄고 있는 인쇄물(종이책)의 재고를 관리하고, 각 서점들과 계약을 맺고, 공급과 회수를 반복하는 일은 홀로 일일이 챙기기가 힘듭니다. 그래서 많은 독립 출판 서적이 전자 출판의 형태를 띄는 것입니다. 그도 아니라면 소수의 독립 서점에만 공급하는 이유이기도 하고요.

"아 , 그리고 또 한 가지! 돈을 받고 출간한다는 점도 장점이에요."

원고를 넘기면 작가는 계약금 또는 선인세를 받습니다. 이 점이 독립 출판과 가장 큰 차이점이기도 하죠. 또한 출판사가 투자하는 각종 혜택을 고스란히 받을 수 있습니다. 예를 들어 제가 낸 책 《단지 결혼을 하고 싶은 건데 이게 다 무슨 일이래요》***의 경우 예쁜 일러스트레이션이 수십 페이지 들어가 있습니다. 출판사에서 일러스트 작가를 구해 비용을 지불하고 책의 콘셉트에 맞는 디자인을 구성한 것입니다. 담당 편집자, 섭외된 일러스트레이터와 함께 즐겁게 작업했던 기억이 나네요. 보통 출판용 일러스트레이션의 경우, 페이지당 기십만 원 수준의 비용이 발생한다고 합니다. 표지용 일러스트의 경우 그보다 몇 배의 비용이 들어가고요. 일러스트레이터와 출판사마다 편차는 분명히 있겠지만 일반적으로 그렇다는 말입니다.

물론 이 모든 비용은 출판사에서 지불합니다. 출판사의 투자 이야기가 나온 김에 한마디 더하자면, 대형 서점에서 책을 잘 보이는 곳에 놓아 두는 것조차 모두 비용입니다. 서점에 일종의 광고비를 지불해야 하기 때문이죠. 이렇게 발생한 광고비는 물론 출판사가 지불합니다. 출판사 입장에서 보면 마케팅의 일환인 셈이지요. 어느 출판사의 편집장님을 통해 전해 들은 바로는 서울 모 서점에 책 한 권을 한 달간 전시하는 비용은 100만 원이 넘는다고 합니다. 서점은 책을 파는 동시에 네이버나 유튜브처럼 '광고 플랫폼 사업'을 하는 것이죠. 책 읽는 사람이 참으로 드물다는 요즘 시대에, 어떻게 대형 서점들이 서울의 금싸라기 땅에서 운영하는지 이해가 되는 부분입니다.

어쨌든 독립 출판이나 자비 출판을 한다면 이 모든 게 작가 스스로 투자해야 할 비용이 되므로 큰 부담입니다. 반면 출판사

*** 《단지 결혼을 하고 싶은 건데 이게 다 무슨 일이래요》, 서양수 저, 달, 2019.

와 함께 일한다면 출판 시장과 고객에 정통한 전문가를 러닝메이트로 둘 수 있다는 큰 장점이 있습니다. 작가보다 훨씬 더 예민한 감각으로 독자와 시장이 원하는 글이 어떤 것인지 조언해 주는 이들을 얻는 셈이지요.

물론 편집자와 작가는 필연적으로 어느 정도 긴장감을 유지할 수밖에 없습니다. 아주 가끔은 다투기도 하고요. 그렇지만 그들은 언제나 작가의 든든한 아군이며 스파링 파트너이자 러닝메이트입니다. 참고로 저는 잘 맞았던 에디터와 수년이 지나도 여전히 연락하며 좋은 관계를 유지하고 있습니다.

기획 출판의 가장 큰 단점이자 한계점은 바로 출판사와의 계약에 성공해야 한다는 점입니다. 내 인생 첫 번째 책을 준비하는 예비 작가에겐 그야말로 큰 난관이 될 수 있는 부분이지요. 아무런 경험이 없는 작가에게 적극적으로 출판 계약을 하겠다고 덤비는 출판사를 발견하기란 쉽지 않습니다. 높은 진입 장벽을 넘으려면 어떻게 해야 할까, 바로 그 이야기를 하려고 이 책을 시작한 거고요.

"그래, 그래. 어려우니까 이렇게 너 붙잡고 이야기하고 글도 보여 주고 하는 거 아냐."

선배 K가 조바심을 내며 저를 채근합니다.

"알았어요. 아무튼 장단점을 요약해 보면요."

기획 출판 장단점

• 장점: 금전적 보상(인세)을 받고 출판 전문가와 함께 일하며 성

장할 수 있다.

- 단점: 출판사의 간택을 받아야 하고 출판 계약이 필요하다.

자비 출판

"좀 당황스러운 질문인데 어떤 분들은 '출판을 하려면 비용이 얼마나 드냐?'고 여쭤보기도 해요."

"아니지 않아?"

선배 K가 의아하다는 듯 묻습니다. 일반적으로 책을 내면 작가가 오히려 돈을 받게 되는데요. 돈을 내야 하는 경우가 아주 없진 않습니다. 극히 소수이긴 하지만 자비 출판이라는 방식이 있기 때문입니다. 저는 한 번도 해 보지 않은 방법이며 비용도 매우 많이 드는 편입니다. 보통 5백에서 1천만 원 사이로 알려져 있으나 출판 조건에 따라 달라질 수 있습니다. 그러나 요즘엔 전자 출판이나 독립 출판이 너무 잘 발달되어 있어 굳이 이 방식이 필요해 보이지 않습니다.

또 어떤 분들은 드라마에 등장하는 것처럼 대필 작가를 구해 자기가 겪은 일을 대신 쓰도록 해서 출판하기도 합니다. 대필 작가는 출판사의 편집자와는 분명히 다른데요. 개인의 구술을 듣고 글을 써 주는 방식 또는 일기나 온라인에 기록된 내용을 기반으로 새로운 글을 써 주는 사람을 말합니다. 이러한 방식으로 책을 출판하는 출판사도 있긴 합니다.

작가와 출판사가 비용을 절반씩 분담하여 출판하는 방식도 있습니다. 출판사에서 간혹 작가에게 일정 부분 비용 분담을 요구하는 경우가 바로 그런 경우지요. 큰 틀에서 봤을 때 작가의 자본금 투여가 필요하다는 점에서 자비 출판과 크게 다르지 않습니다. 결론적으로 이는 작가가 자신의 글에 투자할 출판사를 찾지 못하거나, 혹은 찾지 않고 '출판사를 고용하는 방식'이라고 보면 됩니다. 책을 펴낼 때 들어가는 비용과 인건비를 지불하여 출판 발주를 하는 방식이죠. 정치인이나 종교 지도자들이 간혹 이 방식을 사용하는 듯합니다. 그러나 제가 추천하는 방식은 아닙니다.

자비 출판 장단점

- 장점: 출판사의 간택을 받지 않아도 된다.
- 단점: 많은 비용이 든다.

정리

"아, 출판하는 방법이 이렇게 많은지 몰랐네."

"지금까지 말한 방법 말고도 신춘문예나 브런치 공모 같은 것에 당선돼서 출판할 수도 있어요. 영향력 있는 공모에 당선되면 자연히 마케팅 효과도 있으니 금상첨화일 것 같아요. 그리고 아예 스스로 1인 출판사를 차려서 출판하는 경우도 있어요. 《언어의 온도》나 《멈추지 마, 다시 꿈부터 써봐》****의 작가가 대표적인 케이스예요."

"아…… 그러게. 나도 한번 도전해 보고 싶다."

"그래서 제 결론은 출판사를 통한 출판을 추천한다는 거죠."

"그래, 쉽진 않겠지만 장점이 분명해 보이네."

"맞아요. 일단 도전해 보고 출판 계약을 맺지 못한다면 그때 독립 출판을 하는 방법도 있어요. 그러니까 굳이 처음부터 독립 출판으로 시작할 필요는 없을 것 같다는 게 제 생각이에요."

"그러게! 나도 네 말 들으면서 그렇게 생각했어."

"그래요! 근데 형은 어쩐지 계약에 성공할 것 같단 말이지. 성공하면 스페셜 땡스 투에 내 이름도 꼭 넣어 줘요."

카페에 앉아서 가볍게 시작한 대화였는데 컵에 남은 커피 몇 방울은 진작에 말라비틀어졌습니다. 창밖의 풍경은 벌써 어둑어둑해졌고요. 오늘은 여기까지!

"다음번에는 출판의 전 과정을 빠르게 훑어보는 게 좋을 것 같아요. 그것만 들으면 무엇부터 시작해야 되는지 감이 딱 올 거예요."

"오, 좋다! 진짜 그럴 것 같아!"

그렇게 그와 다음 만남을 약속했습니다. 그가 잘 따라오고 있는 거겠죠? 그와의 다음번 만남이 더욱 기대됩니다.

**** 《멈추지 마, 다시 꿈부터 써봐》, 김수영 저, 꿈꾸는지구, 2019.

편집장 M의 팩트 체크

Q) 초보 작가도 출판사를 통한 출판이 가능한가요?

A) 당연히 가능합니다. 편집자들은 신선한 시각으로 쓴 원고와 새로운 기획을 항상 기다리고 있어요. 당신은 누구이고, 무슨 말을 하고 싶으신가요? 궁금합니다, 당신과 당신의 이야기가. 그러니 정확히, 분명히 보여 주세요.

'신선'과 '새로움'이란 말이 쉽지 모든 창작에는 어마어마한 고통이 따른다는 것을 잘 알고 있습니다. 그러니 매일매일 한자리에 앉아 한 편의 이야기를 완성한 당신은 이미 대단히 대단하십니다. 주저 말고 도전하기를 바랍니다.

Q) 초보 작가의 원고를 고르는 기준은요?

A) '초보' 작가라고 해서 경험 없음에 방점을 찍고 보진 않습니다. 초보니까 부족한 점이 더욱 부각되기 마련이겠지만 그만큼 관대할 수 있기도 해요. 원고의 완성도, 탁월한 문장력 같은 것도 그리 중요하지 않은 것 같습니다. 작가가 무슨 말을 하고 싶은지, 자신의 이야기를 자신만의 시선이나 원칙으로 분명히 전달하고자 하는지, 또 그러한 시도에 공감할 독자가 있을지를 머리로 가슴으로 동시에 가늠하려 합니다. 이 모든 것을 적절하게 갖춘 원고라면 저절로 자꾸만 끌리게 될 거예요.

3장. 쉽게 이해하는 출판 과정 8단계

우리는 이제 '책 쓰기'라는 미지의 세계를 여행하려고 합니다. 책을 써야겠다고 마음먹은 순간 여행이 시작됐다면, 한 권의 책이 태어나 서점 매대에 깔리게 되는 순간 여행은 끝이 납니다. 긴 여행을 떠나기에 앞서, 전체 일정과 코스를 빠르게 조망해 보고자 합니다.

지도와 달력을 펼쳐 놓고 어느 지역에 얼마 동안 머무를지 확인하는 과정입니다. 내가 가진 시간과 노력이라는 자원을 어떻게 분배할지. 이미 가지고 있는 것은 무엇이고, 또 어떤 부분을 보강해야 할지 말이지요. 자, 그럼 시작하겠습니다. 이른바, 출판의 8단계 여정입니다!

출판 과정 8단계

글쓰기 → 제안하기 → 출판사와 의견 조율 → 계약서 작성 → 최종 원고 전달 → 교정 및 보완 → 인쇄 및 유통 → 마케팅

이렇게 노트에 쓱쓱 적어 선배 K에게 보이자 뭔가 과하게 진지한 표정입니다. 이럴 때 보면 그는 영락없이 괴짜 모범생 같습니다. 미드 〈빅뱅이론〉에 등장해도 전혀 이상하지 않달까요.

아무튼 웃음이 터질 뻔했다가 겨우 참았네요. 시원한 통유리가 광화문 광장 쪽으로 나 있는 카페에서 대화를 이어 갔습니다.

글쓰기

“가장 먼저 글을 써야죠.”

이는 그 누구도 대신해 줄 수 없는 부분이며 책 쓰기의 가장 본질적인 부분입니다. 좋은 글이 있어야 좋은 책이 나올 수 있는 건 당연한 이야기입니다. 어떤 글을 써야 할지, 어떤 글이 출판될 수 있는지, 분량은 얼마나 되어야 할지, 구성은 어떻게 해야 할지 등을 정해야겠지요. 바로 그 작업이 이 단계의 성패를 가를 것입니다.

“그래그래. 이 부분에선 할 말이 진짜 많은데, 궁금한 것도 많고. 오늘은 전체를 조망해 보기로 했으니 일단 오케이!”

글쓰기에 관해서는 그가 궁금해하는 만큼 저도 하고 싶은 이야기가 많습니다. 그 이야기는 뒤에 이어질 파트에서 집중적으로 다루겠습니다. 일단 지금은 전체를 살펴보기 위해 다음 단계로 빠르게 넘어가 봅시다.

제안하기

두 번째 단계는 출판사에 제안하기입니다. 출판사로부터 먼저 제안을 받을 수도 있습니다. 우리가 김영하라면, 혹은 히가시노 게이고라면 충분히 가능한 시나리오입니다. 너무 허망하다고요? 좀 더 현실적으로 우리의 유튜브 구독자가 10만 명 정도 된다면. 아니, 적어도 1만 명이 넘는다면. 혹은 블로그에 알토란 같은 글이 너무 많아 출판사 편집자가 감동의 댓글을 달 정도라면 어느 정도 가능성이 있는 이야기입니다.

"후유. 그런 게 있으면 너랑 이렇게 대화도 안 했지."

결국 기획 출판(출판사를 통한 출판)을 하기 위해 우리는 출판사에 먼저 제안을 해야 합니다. 일종의 프러포즈인 셈이지요. 내가 이런 글이 있는데 나랑 계약할래? 혹은 이런 글을 쓸 건데 나와 책을 만들자! 행복하게 해 줄게! 이런 제안 말입니다.

"응. 제안서를 어떻게 쓸지, 구체적으로 무슨 내용이 들어가야 할지, 어떤 출판사에 어떻게 제안해야 할지 등이 이 단계의 핵심이겠네."

"오, 역시 형! 똑똑하다니까. 하하."

출판사와 방향 조율

다음은 출판사와의 미팅을 통해 의견을 조율하는 단계입니다.

"아, 물론 이 단계는 우리 제안에 출판사가 관심을 보일 때만 진행 가능한 거예요. 대부분의 제안서는 반려되고요."

"그래 뭐, 쉽진 않겠지."

그렇게 우리의 제안서에 관심을 보이는 출판사와 원고를 놓고 의견을 교환하게 됩니다. 저자의 출판 의도와 출판사의 출판 방향이 다르다면 조율 과정을 거칩니다. 원고를 제출했다면 원고에 대해서 이야기를 나누고요. 서로가 생각하는 최종 아웃풋에 대한 생각을 교환합니다. 일정이나 인세, 보완 사항 등 아주 구체적인 이야기를 나누기도 하고요. 보통 이메일이나 전화를 주고받은 후, 대면 미팅을 진행합니다. 출판사에 따라 편집자나 편집장 등 실무자와 미팅을 할 수도, 출판사 대표와 미팅을 할 수도 있습니다.

계약서 작성

대망의 계약서 작성 단계입니다. 비즈니스의 시작은 계약서부터라는 사실! 아마 직장인이라면 잘 아실 겁니다. 특히 '구름빵' 사건으로 인해 창작자들에게 계약서 작성이 얼마나 중요한 문제인지 각인되었습니다.

"구름빵 사건?"

"몇 해 전에 이슈가 된 사건인데요. 구름빵이라는 그림책이 있어요. 이게 확 뜨면서 일본, 대만, 프랑스 등 10여 개국에 번역 출판되고 뮤지컬, 애니메이션으로도 만들어졌어요."

"우아, 대박이네."

"맞아요. 그런데 작가에게 돌아간 보상은 크지 않았다는 주장이 있었죠. 결국 법정 공방으로 이어졌고요. 어쨌든 이 문제는 창작자를 위한 저작권법에 큰 화두를 던졌어요."

이 단계에서는 불리한 계약을 하지 않는 방법이 무엇인지 아는 게 중요합니다. 표준계약서란 무엇이며 어디에서 확인할 수 있는지, 실제로 어떻게 활용할 수 있는지 알아 두면 좋겠지요. 또 계약서의 독소 조항은 어떻게 알아볼 수 있는지도 미리 알면 좋겠고요. 전문 변호사의 도움을 무료로 받을 수 있는 방법을 파악한다면 실질적인 도움이 될 것입니다.

"이건 작가의 권리와 관계된 것이니만큼 진짜 중요한 부분이에요. 그래서 반드시! 꼭! 자세히 공부하고 넘어갔으면 좋겠어요 형!"

"와, 진짜 이거 꼭! 알고 싶다야!"

최종 원고 전달(탈고)

계약서를 작성했다면 다음은 최종 원고를 출판사에 전달하는 단계입니다.

"보통은 최종 원고 송부일을 계약서에 명시해요. 그 기한에 맞춰 작가는 본인 스스로 만족할 단계까지 글을 수정하는 거예요. 할 수 있죠, 형? 그렇게 보강하고 또 보강해 최종 버전을 출판사에 넘기면 끝인데…….”

“그런데?”

“보통은 마감일까지 원고를 손에 쥐고 끙끙 앓아요. 마감일의 저주랄까.”

마감일을 넘겼다간 독촉을 받을 수도 있습니다. 태어나서 처음 받는 원고 독촉이 경우에 따라 신기하게 느껴질 수도 있습니다만 그런 신기한 경험은 가급적 하지 않는 게 좋겠지요. 아무튼 최종고를 무사히 넘기면 당분간은 좀 쉬어도 됩니다.

“오, 듣기만 해도 피곤했는데. 드디어 쉴 수 있겠네.”

선배 K가 남은 커피를 홀짝거리며 안도합니다.

교정 및 보완

“네! 쉬면 됩니다. 출판사의 교정본이 돌아올 때까지요.”

교정은 여러 번 진행합니다. 보통 ‘1교(초교)’, ‘2교(재교)’, ‘3교(삼교)’ 등의 용어를 통해 편집 버전을 구분합니다. 1교에서는 큰 틀에서 각 챕터의 구성과 내용을 조정하는 과정을 거치죠. 그러고 나서 문장의 표현과 레퍼런스 등을 확인하는 과정을 거칩니다. 마지막으로 페이지 구성 및 편집 디자인 등을 최종적으로 점검하게 되고요. 각 과정마다 작가에게 수정본을 넘겨 작가와 편집자는 의견을 조율합니다. 이 과정에서 작가는 종종 출판사와 갈등을 겪기도 하죠. 교정 단계별로 무엇에 주안점을 둬야 하는지, 출판사와의 커뮤니케이션은 어떤 식으로 해야 하는지가 이 과정을 잘 넘기는 관건입니다.

인쇄 및 유통

"자, 이 모든 편집 과정이 끝나면 드디어! 인쇄를 합니다."

"오 드디어!"

이때 작가가 할 일은 사실상 없습니다. 경우에 따라서는 편집자와 함께 인쇄된 종이책을 최종 확인하기도 합니다. 모 작가는 종이로 출력해 바닥에 깔아 놓고 레이아웃뿐만 아니라 종이 질감과 글씨 형태의 균형을 살피기도 했다네요.

아무튼 이때는 편집된 상태를 본다기보다는 오탈자나 오류 등이 없는지를 확인합니다. 꼼꼼히 점검하는 과정인 동시에 감동을 하는 단계이기도 합니다. 머릿속에서 개념으로만 존재하던 글이 마침내 물리적 형상을 입고 내 눈앞에 짠 하고 나타나기 때문입니다.

"아, 이 부분에서 울컥하는 느낌이 들긴 해요. 내 인생 첫 번째 책이면 말할 것도 없죠."

"크, 그럴 것 같아."

이렇게 인쇄가 끝나면 전국에 있는 서점에 책이 유통됩니다. 물론 유통 과정은 출판사에서 전담해 진행합니다. 보통은 전국의 서점과 출판사가 체결해 놓은 계약에 따라 각 서점의 매대나 책꽂이에 꽂히고요.

마케팅

출간 후 작가는 무슨 일을 할 수 있을까요? 유명인이라면 사인회나 출판기념회를 열겠지만 데뷔작을 준비하고 있는 우리에겐 머나먼 이야기처럼 들립니다.

다만, 요즘엔 우리 같은 초짜 작가에게도 분명한 기회가 있습니다. 바로 작가 자신이 직접 마케팅을 할 수 있는 기회이지요. 실제로 자신의 SNS 채널을 활용하는 작가들이 많습니다. 그 덕을 톡톡히 보는 작가도 많고요. 때로는 마케팅을 얼마나 잘하느냐가 좋은 글을 잘 쓰느냐보다 더 큰 영향을 미치기도 합니다. 마케팅이 책 판매와 흥행의 도화선 같은 역할을 하기 때문이죠.

요즘에는 작가들이 발 벗고 나서서 자기 책을 알리는 경우가 많습니다. 책을 다 썼다면 타깃 독자를 대상으로 무엇을 할지 고민하고 거침없이 실행할 필요가 있습니다. 위 7단계와 이번 8단계를 동시에 진행하기도 합니다. 최근에는 출간 전에 일부 내용을 인터넷에 미리 공개하며 마케팅하는 출판사도 많습니다.

"아, 이건 제 책도 마찬가지였어요. 출간 전에 연재하고 SNS에도 일부 내용을 공개하고 그랬죠."

정리

“이게 출판의 전 과정이란 말이지?”

“네. 8단계로 알아보는 출판 과정이에요.”

“가만히 들어 보니 확실히 전체 과정은 머릿속에 좀 들어오는 것 같아. 언제 뭘 해야 할지도 조금 감이 오고.”

선배 K는 감이 잡혀 즐거운지 침을 튀기며 신나게 이야기합니다.

“아 그래요? 내가 이거 원래 외부 강의했던 내용인데, 형한테 특별히 압축해서 얘기한 거예요. 엑기스만 주는 거니까 잘돼서 베스트셀러 되면 수익 공유해요.”

그의 반응을 보니 열심히 설명한 보람은 있는 것 같네요. 물론 이 8단계의 여정은 매우 일반적인 이야기입니다. 목적지까지 가는 길은 굉장히 다양할 수 있습니다. 마치 정상을 정복하기 위한 등산 루트가 여러 개인 것처럼 말이지요. 이 8단계 여정을 살펴보고 본인에게 가장 맞는 코스가 무엇인지 고민해 보기 바랍니다. 그게 바로 이번 편을 쓴 목적입니다.

“오, 그럴게! 그러니까 8단계를 생각해 보면 난…….”

“형은…….”

“일단 글부터 써야겠네. 하하하.”

선배 K가 호탕하게 웃습니다. 우리가 이야기를 나누는 사이 카페가 한산해졌습니다. 어느덧 저녁 식사 시간이 다가왔네요. 다음번 만남에서는 출판의 8단계 중, 첫 번째 단계! 바로 글쓰기에 대해서 좀 더 자세히 이야기해 보려고 합니다. 주로 다음과 같은 주제를 다룰 예정입니다. 출판이 되는 글은 어떤 글일까, 글은 어떻게 써야 할까, 분량은 얼마나 되어야 할까, 구성은 어떻게 짜야 할까.

"아, 진짜 궁금했던 부분이 드디어 나오겠네."

"맞아요. 그런 의미에서 오늘은 밥이나 사요."

선배 K는 과연 자신의 이름으로 된 책을 내는 데 성공할 수 있을까요. 리얼 출판 도전 체험기를 따라가며 남몰래 품어 온 꿈의 실현 가능성을 가늠해 보기 바랍니다.

4장. 출판이 되는 글과 되지 못하는 글은 어떻게 다를까

"형, 근데 무슨 책을 내고 싶은 거예요? 좀 구체적으로 알고 싶네요."

오늘도 다시금 선배 K와 마주 앉았습니다. 그리고 다시 본격적인 이야기를 시작했습니다.

"너무 갑자기 물으니까 좀 부끄러운데. 사실 이번에 우리 아버지랑 여행 다녀왔잖아. 무려 여섯 살배기 아들을 데리고. 셋이서 말이야."

"아, 그렇죠. 삼대가 함께 떠난 여행? 게다가 남자끼리였네요. 어색한 케미가 어떻게 버무려질지 기대되긴 해요."

의외였습니다. 증권사 애널리스트 출신답게 무미건조한 그가 여행 에세이라니. 그는 회사에서 말수 많은 사람도 아니었습니다. 하루 종일 미동도 없이 컴퓨터 앞에 앉아 있는 그를 보노라면 커다란 화분처럼 보일 정도였죠. 그래서 그라면 경영서나 교양서를 쓰고 싶어 할 줄 알았습니다. 본인이 일하고 있는 미디어 산업에 대한 글을 꾸준히 쓰고 있다는 얘기도 예전에 했었고요.

"여행 에세이라니! 뭔가 새롭네요. 근데 형. 그거 알아요? 나랑 같이 작업한 편집장님이 그러는데, 여행 에세이 제안은 일주일에 적어도 수십 편씩 들어온대요. 그만큼 흔하다는 거죠. 흔해도 너무 흔해!"

"아, 그래? 역시…… 그렇구나."

"에이, 그래도 실망하지는 마요."

여행 에세이는 흔한 소재임이 분명합니다. 굳이 편집장님의 말을 인용하지 않더라도 말이지요. 공급이 많다는 것은 수요 또한 풍부한 분야라는 방증이기도 합니다. 차별성을 칼날처럼 잘 벼린다면 가능성이 열리지 않을까요?

"일단은 그렇게 긍정적으로 시작해 보자고요."

문제는 차별화

내가 쓴 글을 책으로 출판할 계획이라면 반드시 넘어야 할 산이 있습니다. 바로 '출판사라는 산'이지요.

"형의 글을 본 출판사는 당연히 고민할 거란 말이죠. 이 글이 과연 출판할 만한 가치가 있을까? 투자금을 회수할 만큼 시장에서 먹힐까? 뭐 이런 걸 말이에요."

독자에게 인정받기 전, 우선 출판사가 가능성이 있는지 판단해 본다는 얘기입니다. 아, 혹시라도 다음과 같은 생각을 하는 분이 있을지 모르겠네요. '출판사나 독자들의 입맛에 맞추기보다는 나만의 기조를 유지하는 게 가장 중요하다. 그러니까 내가 쓰고 싶은 글을 쓰겠다!'

영화 〈보헤미안 랩소디〉를 보면 프레디 머큐리가 음반사의 반대에도 불구하고 실험적인 곡을 넣어야 한다며 열변을 토하는 장면이 나옵니다. 이런 자세야말로 아티스트가 추구해야 할 자세일 수도 있고요. 화제가 되었던 윤종신 씨의 구글 강연을 보면, 그도 유행의 영향을 받지 않기 위해 일부러 유행가를 좀 멀리하기도 한다는데요. 고백컨대 아직까지 저도 그런 생각을 조금 가지고 있긴 합니다.

그렇지만 일단은 출판사와 계약을 맺어야 책을 낼 수 있습니다. 적어도 출판사 편집장을 설득시킬 정도는 되어야 합니다. 그 설득이 안 된다면 출판사를 통한 출간(기획 출판)은 어려워집니다. 이 경우, 독립 출판이나 자비 출판의 방법을 알아봐야겠지요. 스스로 운영하는 1인 출판사를 만들지 않는다면 말입니다.

그럼 다시 처음으로 돌아가서. 출판이 될 수 있는 글은 어떤 글일까요. 다시 말해 어떤 글이 출판사가 원하는 글일까요?

"음…… 아마도 독자들이 좋아할 만한 글?"

충분한 수요가 있으면서 독자들이 호기심을 가질 만하고, 결정적으로 작가 본인만 할 수 있는 '차별성' 있는 이야기라면 금상첨화일 듯합니다.

"결국엔 차별성이겠네."

세상 모든 일이 다 그렇듯 이야기도 독창성과 차별성이 없다면 굳이 힘들게 읽어야 할 이유는 없습니다. 결말이 뻔한 이야기, 누구나 생각할 수 있는 전개, 어디서 들어 봄 직한 설정을 궁금해할 사람은 많지 않을 겁니다. 그런 것들에 관심 갖기엔 세상에 재미있고 신나는 게 너무 많으니까요.

"오늘같이 화창한 날, 굳이 꼬부리고 앉아 이 글을 읽어야 하는 이유! 그게 있어야겠죠."

바로 그러한 이유인 차별성은 크게 아래와 같은 세 가지 항목으로 나누어 생각할 수 있습니다.

소재의 차별화

스토리의 차별화

작가의 차별화

소재의 차별화

소재의 차별화는 '어떤 글감을 글의 소재로 다루느냐'에 대한 얘기입니다. 음식에 대한 글을 쓴다면 한식에 대한 이야기인지, 양식에 대한 이야기인지, 그도 아니라면 길거리 음식에 대한 이야기일지가 되겠지요. 만약 전 세계를 여행하며 먹어 본 길거리 음식에 대한 글을 쓰겠다고 하면 그게 바로 차별적 소재가 될 것 같네요. 선배 K가 묻습니다.

"그럼 여행 에세이의 경우엔?"

먼저 여행 지역이 차별화 요소가 될 수 있을 것 같네요. 북극이나 사막, 아마존처럼, 사람들이 쉽게 갈 수 없는 곳에 대해 이야기한다면 흥미를 일으킬 수 있겠죠. 또 우리나라에는 잘 알려지지 않았지만 해외에서 이제 막 뜨고 있는 곳이라면 사람들의 관심이 점차 늘어날 것 같고요.

"저는 러시아랑 포르투갈에 대한 여행 에세이를 썼잖아요. 그 책을 쓸 때만 해도 러시아나 포르투갈에 대한 가이드북이 변변한 게 없었어요. 재빨리 해당 지역을 선점한 게 차별화 포인트였던 것 같아요."

스토리의 차별화

"이야기 자체가 갖는 차별성. 이건 진짜 중요한 부분이에요. 독특한 경험이나 체험? 그런 게 있다면 좋고요. 설정만으로도 호기심이 생기는 이야기라면 더 좋을 것 같아요."

예를 들면, 자전거 한 대로 혈혈단신 미국 횡단을 한 이야기가 담긴《아메리카 자전거 여행》*이나 어머니와 함께 세계 일주를 한 이야기가 담긴《엄마, 일단 가고봅시다!》**는 설정만으로도 호기심이 솟는 작품입니다.

"형의 이야기에도 그런 매력이 있으려나? 설정이 궁금하네요. 사람들의 호기심을 자극할 만한 무언가 한 스푼이 있다면 좋을 것 같은데…… 이건 숙제예요, 숙제. 더 고민하세요."

---

* 《아메리카 자전거 여행》, 홍은택 저, 위즈덤하우스, 2019.

** 《엄마, 일단 가고봅시다!》, 태원준 저, 북로그컴퍼니, 2013.

작가의 차별화

마지막 차별화 포인트는 바로 '작가'가 갖는 차별점입니다. 유명 작가라면 독자 입장에선 더할 나위 없이 관심이 갑니다. 요즘엔 연예인 말고도 팔로워가 몇 만 명씩 되는 인플루언서들의 글이나 책이 인기를 얻는 경우가 많습니다. 그렇지만 그보다 작가의 독특한 이력이나 작가만의 개성을 드러낼 수 있다면 좋겠지요.

《나는 그냥 버스기사입니다》***는 자주 마주치지만 그냥 지나쳐 버리기 일쑤인 버스 운전기사의 이야기라는 점에서 호기심이 생깁니다. 《저 청소일 하는데요?》****는 직업에 대한 우리의 편견을 자극합니다. 20대라는 비교적 젊은 나이에 청소일을 시작하게 된 계기가 뭘까 궁금증이 생기지요.

이렇듯 나만이 가질 수 있는 특별한 상황이나 직업, 경험, 개성, 취향 등이 이야기의 차별화 포인트가 될 수 있습니다. 아리스토텔레스는 수사학에서 사람을 설득하기 위한 세 가지 방법 중 '발화자(에토스)'를 강조했습니다. 같은 이야기라도 누가 그 이야기를 했느냐에 따라 전혀 다르게 들리는 이유입니다.

"형이라는 사람은 어떤 사람인가. 어떤 부분을 차별성 있게 내세울 수 있는가가 관건일 것 같아요."

"음, 어렵네. 난 그냥 평범한 사람인 것 같은데."

"평범한 게 또 무기일 수 있어요. 대한민국 직장인들 딱 중윗

*** 《나는 그냥 버스기사입니다》, 허혁 저, 수오서재, 2018.

**** 《저 청소일 하는데요?》, 김예지 저, 21세기북스, 2019.

값에 형을 맞추는 것도 방법이에요. 그것 역시 호기심이 생기도록 잘 선별하는 게 중요하겠죠."

이 책의 목적은 뭘까?

선배 K와 세 가지 차별화 포인트에 대해서 신나게 떠들었습니다. 그는 과연 어떤 차별화를 만들어 낼까요. 차별화를 위해 얼마나 고민하고 어떤 결과물을 내놓느냐가 출판의 성패를 가를 수 있습니다.

한참을 이야기하다 보니 그의 얼굴에 근심이 한가득 묻어납니다. 쉽지 않은 일이겠지만 무던히도 성실한 그가 어떤 이야기를 만들지 내심 기대가 됩니다. 그만의 독특한 차별성이 과연 무엇일지 궁금하기도 하고요. 그의 새로운 이야기를 상상하며 대화를 이어 가는 건 즐거운 일입니다.

그런데 차별화만으로 책이 완성되는 건 아닙니다. 글을 시작하는 시점에서 함께 고민할 게 한 가지 더 있습니다.

"바로, 글의 '목적'이요."

"목적?"

이 글을 왜 쓰는가. 이 글을 통해 궁극적으로 독자에게 무엇을 전달할 것인가를 정해야 한다는 말입니다. 목적이 없는 글은 방향을 잃고 표류하는 배와 같습니다. 반대로 목적이 분명한 글은 목적을 향해 전진하는 힘 있는 글이 됩니다. 작가는 글을 쓰기 전 글의 목적에 대해 반드시 생각해야 합니다. 그리고 분명한 방향을 정해야 합니다. '이 글을 통해 궁극적으로 독자에게 무엇을 전하고 싶은가?' 이에 대한 답을 고민해 봐야 합니다.

정보를 줄 것인가?
재미를 줄 것인가?
감동을 줄 것인가?
기쁨을 줄 것인가?
위로를 줄 것인가?
설득을 할 것인가?
공감하게 할 것인가?
통찰하게 할 것인가?
문제 제기를 할 것인가?
해결책을 줄 것인가?
물음을 던질 것인가?
고발을 할 것인가?
증언을 할 것인가?

"그래서 형이 쓰는 글의 목적은 뭔가요?"

"나는 아마도 재미? 감동? 정보도 조금 들어가면 좋을 것 같고. 그리고 공감?"

책을 내는 목적은 그의 말처럼 복합적일 수 있습니다. 또 비슷한 목적끼리 묶일 수 있고 또 전혀 다른 목적끼리 충돌하며 만들어 내는 특이한 정서가 있을 수도 있습니다. 그렇지만 제가 추천하는 것은 분명한 방향성을 하나 정하고 시작하는 것입니다. 모두의 친구는 누구의 친구도 아니듯 모든 것을 잡으려다가 오히려 모든 독자를 다 놓칠 수도 있으니까요.

"예전에 제가 포르투갈 원고를 다 쓰고 출판사에 한창 제안하던 때에 말이에요."

그때 한 출판사에서 여행 정보에 대한 부분을 더 보강해서 책을 내자고 이야기한 적이 있습니다. 좋은 조건을 제시했고, 다른 나라와 시리즈물로 내는 것이라 시장에 영향력도 클 것이라는 생각이 들었습니다. 고민을 많이 했지만 결국 거절했습니다.

"아니, 왜?"

처음 방향성을 공감과 재미로 놓고 글을 썼는데 정보를 절반 정도 담다 보면 이도 저도 안될 것 같다는 생각이 들어서입니다. 또 정보는 인터넷을 조금만 뒤지면 쉽게 나올 수 있는 것이니까요. 굳이 그런 것까지 정리해서 책을 내는 것이 내키지 않았습니다.

"저만 쓸 수 있는 글을 책으로 내고 싶었거든요."

물론 요즘에는 여행 가이드북도 여행 에세이처럼 나오는 게 대세입니다. 그런 트렌드를 먼저 알아보고 기민하게 움직이는 건 출판사의 몫이겠지요.

"형! 여기서 중요한 건 글을 쓸 때 꼭 방향성을 잡아야 한다는 것이에요."

그렇게 처음 잡은 방향성을 믿고 한 걸음씩 가다 보면 나만의 글을 완성해 나갈 수 있으리라 봅니다. 여러분이 쓰는 글의 목적은 무엇인가요? 고민이 끝나고 방향이 정해졌다면, 다음 편에서는 출판을 위한 글의 '분량'에 대해 이야기해 보고자 합니다. 그리고 글쓰기 실력과 출판 가능성에 대해서도 이야기하려고 합니다. 조금씩 방향을 잡아 가는 선배 K의 모습을 보며 여러분의 책도 방향을 조금씩 잡아 나가길 바랍니다.

편집장 M의 팩트 체크

Q) 여행 에세이 제안이 정말 많나요? 그럼 이제 그 분야는 레드오션인가요?

A) 여행 에세이가 많이 투고되는 건 사실이에요. 그런데 이는 여행 분야만의 특수성이라기보다 최근 계속해서 이어지고 있는 에세이물의 강세가 반영된 결과 같습니다. 게다가 '여행'이란 경험은 직접 누릴 때나 누군가의 것을 간접적으로 느낄 때나 고른 설렘을 안겨 주잖아요. 자기 이야기를 풀어내기에 가장 쉬운 재료이면서, 어떤 낯선 세계로의 접근도 가능하게 하니 누구나 선호하는 영역이 아닐까요. 실제로 여행을 떠날 때 필요한 가이드북 분야는 시기상 침체기를 겪고 있지만, 다양한 방식으로 여행을 이야기하려는 시도가 출판 시장에 이어지고 있습니다. 그러므로 여행이라는 테마는 지속적으로 확대되고 있는 분야임이 분명합니다. 위 본문에 나와 있듯 나만의 차별점이 무엇인지 고민하고 여행 에세이에 도전해 보세요.

5장. 책 한 권을 내려면 글의 분량이 얼마나 돼야 할까

"그래서 책 한 권이 나오려면 분량은 어느 정도가 돼야 해?"

"어느 정도긴요. 책 한 권 쓰려면 책 한 권 분량을 써야죠."

"아오, 그래서 그게 어느 정도냐고. 막연해서 그렇지!"

"알겠어요. 형은 이렇게 화낼 때가 제일 매력적이라니까."

우리가 서점에서 흔히 보는 책은 200~300쪽 되는 경우가 많습니다. 이러한 책 한 권 분량은 200자 원고지 600매 정도로 보는 게 일반적입니다. 글자 수로 말하면 약 12만 자 정도입니다. A4 용지로는 대략 70~80페이지가 됩니다.

"그럼 그 정도 분량은 꼭 돼야겠네?"

물론 그렇지만 케이스 바이 케이스, 책 바이 책일 수 있습니다. 요즘엔 점점 글자 수가 줄어드는 추세이기도 하고 분량이 적은 원고는 보다 작은 판형으로 만들기도 합니다. 그러나 책을 쓰기로 마음먹었다면, 게다가 첫 작품에 도전하는 예비 작가라면 지름길을 찾기보다는 정공법을 택했으면 합니다. 우선 차분하게 12만 자 정도 써 보기를 추천합니다.

"부담스러우니까 그렇지. 백지의 공포? 뭐 그런 말도 있잖아. 나는 취업 준비할 때 자소서 문항당 1,200자나 쓰라는 회사는 일단 좀 거르고 싶더라니까."

"그래도 거르진 않았죠?"

"꾸역꾸역 썼지."

"이번에도 꾸역꾸역 쓰면 되겠네. 하하. 농담이에요"

블록을 쌓는 마음으로

긴 글을 써 보지 않은 초보 작가에게 앞서 말한 분량은 매우 부담스러울 수 있습니다. 저도 글자 수가 주는 부담감에 압도되었고 실은 지금도 그렇습니다. 그렇지만 책 한 권을 앉은자리에서 단번에 쓰는 사람은 없습니다.

"그러니까 블록을 쌓아 가는 느낌으로, 하나씩 하나씩 써 가는 수밖에 없어요."

여기서 블록은 글자일 수 있고 문장일 수 있습니다. 그런 문장이 모여 문단이 되고 하나의 소제목으로 묶을 수 있는 챕터가 됩니다. 여행 에세이로 말하자면 하나의 에피소드에 해당될 수 있고요.

"제가 가장 최근에 쓴 책을 예로 들면요. 본문을 약 스무 개의 챕터로 구성했어요."

그 책은 본문 챕터 20개에 프롤로그와 에필로그가 앞뒤로 붙어 있습니다. 한 챕터에 약 5천~6천 자, A4 용지 서너 장 정도 되는 분량을 썼고요. 책 한 권에 들어간 글자 수는 총 11~12만 자 정도, A4 용지로 70~80매였습니다. 최종적으로 완성된 책은 국판 288쪽이었습니다.

읽고 쓰기의 리듬

각 장별 분량에 차이가 있을 수 있지만 가급적 일관된 것이 좋습니다. 책의 구성에 적응한 독자가 일종의 리듬감을 가지고 어느 정도 예측하며 읽을 수 있기 때문입니다. 물론 같은 리듬만 반복되면 지루하겠지만, 그 리듬에 어떤 변주를 줄지 고민하는 것도 작가의 즐거움 중 하나입니다.

"에피소드 단위를 좀 더 짧게 가져가도 되는 거잖아?"

"당연하죠."

정해진 룰은 없습니다. 《철학은 어떻게 삶의 무기가 되는가》*는 50개의 장으로 구성되었습니다. 《지적 대화를 위한 넓고 얕은 지식 1》**은 46개의 장으로 구성돼 있고요. 또 최근 제가 재미있게 본 소설책 《산 자들》***의 경우 단편 소설 열 편으로 구성되었습니다. 《일의 기쁨과 슬픔》****은 단편 소설 여덟 편으로 구성되었고요.

열거한 책 모두 각 장을 병렬식으로 구성했습니다. 중요한 건 그럼에도 그 장들을 관통하고 있는 하나의 주제 의식이 있다는 점입니다. 설령 단편 소설 모음집이라 할지라도 그 일관성은 책 전체에 걸쳐 흐르고 있습니다.

---

* 《철학은 어떻게 삶의 무기가 되는가》, 야마구치 슈 저, 김윤경 역, 다산초당, 2019.

** 《지적 대화를 위한 넓고 얕은 지식 1》, 채사장 저, 웨일북, 2020.

*** 《산 자들》, 장강명 저, 민음사, 2019.

**** 《일의 기쁨과 슬픔》, 장류진 저, 창비, 2019.

"그게 바로 작가가 세상에 말하고 싶은 바겠죠?"

글이 아니라 사진이나 그림으로 채우는 건 어떨까

"그래 무슨 말인지 알겠어. 근데 이렇게 글로 분량을 꽉꽉 채우는 게 중요하다고 생각해?"

선배 K가 한참을 듣더니 묻습니다. 사실 요즘엔 아예 그림으로만 된 책. 포토 에세이라고 이름 붙인 사진집에 가까운 책도 출간되고 그런 책이 오히려 많이 팔리는 시대인 것 같습니다. 대형 서점 종합 베스트셀러 상위권에 만화책이 한동안 포진해 있기도 했고요. 그러한 책들 나름대로 충분히 가치를 지닌다고 생각합니다. 모 작가는 요즘 책은 팬시용품과 같은 기능을 한다고도 했죠.

"만약에 형이 글 대신 그림이나 사진으로 차별화할 수 있다면 그것도 하나의 방법이 될 수 있겠죠."

그런데 그건 나만의 차별 각을 날카롭게 세우기 위한 '전략적 선택'이어야 합니다. 그러니까 '저 분량을 어떻게 다 채우지?' '사진으로 대신하면 안 될까?' 이런 생각이 시작점이어서는 안 된다는 것이지요. 만약 그렇게 등 떠밀리듯 글을 쓴다면 어떻게 될까요?

"아마도 독자들은 귀신같이 알지 않을까요? 아니 독자 이전에 출판사 편집장을 설득시킬 수가 있을까요? 우선 내가 좋고 내가 만족해야 남들도 눈길 한번쯤 줄 것 같아요. 현실적으로 말이에요."

사진 한 장은 누구나 휴대폰으로 쉽게 찍지만 비용을 들여 사고 싶을 만한 사진을 찍기란 어려운 일입니다. 이게 바로 '글이 아닌 사진이나 그림으로 채운 책'을 고민하는 분들께 드리는 답입니다.

12만 자는 노력의 나이테 같은 것

하나의 주제로 글을 쓰다 보면 막히는 부분, 더 이상 이야기를 이어 가기 힘든 순간이 찾아옵니다. 그걸 어떻게 풀어 갈지에 대해 작가는 고민하고 또 고민해서 방법을 찾아야 합니다. 그렇게 하나씩 풀린 것들이 촘촘히 엮여 마침내 한 권의 책이 완성되기 때문이지요.

창작을 하는 긴 시간 동안 글은 다듬어지고 작가 또한 성장합니다. 글과 작가는 한배를 탄 운명 공동체이니까요.

"형, 우리가 지금 먹고 있는 만두에 대해서도 간단히 블로그에 올릴 수 있을 거예요. 인스타그램은 말할 것도 없고요. 해시태그로 #만두맛집 #육즙어쩔 #JMT 등을 걸어서요."

그렇지만 만두 얘기로 책 한 권을 쓰는 건 완전히 다른 차원의 일입니다. 12만 자를 만두에 대해서만 쓰기가 쉽지 않을 겁니다. 단순히 리뷰만 쓴다고 해도 책 한 권 분량을 채우려면 정말 많은 만둣집을 다녀야 합니다. 그 정도 경지라면 확실히 색다른 작가만의 만두관을 갖게 될 것 같고요. 결국 12만 자라는 분량은 더 많이 경험하고 더 많이 사색하고 더 많이 고민해야 써질 수 있는 노력의 나이테 같은 것이라고 봅니다. 그렇게 본다면 분량의 의미가 조금 다르게 다가올 것 같습니다.

"한 가지 더 궁금한 게, 12만 자를 내가 채우면 그게 그대로 출판되는 거야? 아님 그보다 훨씬 많이 써서 12만 자로 편집이 될 것까지 예상해야 하는 거야?"

"오, 좋은 질문이네요."

그렇다고 '12만 자'라는 분량에 꼭 매일 필요는 없습니다. 길다고 좋은 게 아니니까 말입니다. 그보다는 내용이 알차고 잘 정제된 글이라면 좋겠지요. 스스로 보기에 줄일 수 있는 부분이 있다면 최대한 응축해서 12만 자에 맞춰 보는 것도 좋을 것 같습니다. 작가 손미나는 처음 책을 썼을 때 책 한 권 분량보다 훨씬 많은 글을 썼다고 들었습니다. 일단 많이 쓰고 글을 줄여 나간 방식을 택한 것이지요.

저의 경우는 처음부터 거의 책 한 권 분량에 맞춰서 글을 썼습니다. 처음부터 출판을 목적으로 글을 쓴다면 위에서 말한 분량을 고려해 하고 싶은 말들을 응축해 나가는 게 어떨까요. 물론 자기 스타일을 찾는 게 제일 중요하겠지만요.

글을 한 편 쓰긴 쉽다,
그러나 계속 써 나가긴 어렵다

무라카미 하루키가 이런 말을 했습니다.

"소설 한 편을 쓰는 건 그리 어렵지 않습니다. 뛰어난 소설 한 편을 써내는 것도 사람에 따라서는 그리 어렵지 않습니다. 그러나 소설을 지속적으로 써낸다는 것은 상당히 어렵습니다."

바로 《직업으로서의 소설가》*****라는 책에 나오는 문장입니다. '작가라는 직업은 무엇인가?'라는 물음에 답한 원로 작가의 통찰이 돋보이지만 저는 이렇게 해석했습니다. 'SNS에 포스팅 하나를 올리는 건 쉽다. 그러나 그것을 차곡차곡 모아 하나의 챕터를 만들고 그렇게 챕터 스무 개를 모아 한 권의 책으로 엮기는 쉽지 않다'라고 말이지요.

"작가와 예비 작가를 구별하는 기준이 뭘까요?"

"글쎄. 등단? 문학상을 타 본 사람?"

제가 좋아하는 작가 장강명은 단행본을 출간했느냐 안 했느냐를 기준으로 작가와 예비 작가를 구분하겠다고 합니다. 물론 아주 사적인 기준입니다. 그렇지만 '하나의 주제로 책 한 권 분량의 글을 써낸 사람이라면 작가로서 자격을 갖췄다'고 생각하는 그의 의견은 충분히 일리가 있습니다. 막히는 부분을 뚫어 가며 그리고 백지의 공포를 떨쳐 가며 연결하고 이어 붙여 12만

***** 《직업으로서의 소설가》, 무라카미 하루키 저, 양윤옥 역, 현대문학, 2016.

자라는 블록을 쌓아 본 사람은 그렇지 않은 사람과 분명 다를 것입니다.

“그러니까 형. 책 한 권 분량. 나는 이거 꼭 필요하다고 생각해요.”

12만 자를 완성해 가는 동안 느는 건 글쓰기 실력뿐만이 아닙니다. 하얀 모니터 화면을 수십 번 아니 수백 번은 마주하는 마음, 백지의 공포를 묵묵히 감내하며 오늘도 한 문장을 완성해 가는 마음 또한 단단해집니다. 그건 어쩌면 구도자의 마음과 닮아 있지 않을까요.

선배 K가 하얀 모니터 화면을 어떤 글자들로 채워 나갈지 저는 무척이나 궁금해졌습니다. 그리고 이 글을 보며 남몰래 품어온 책 쓰기 라는 꿈을 여러분들이 어떻게 실현해 나갈지도 궁금해졌습니다. 빈 모니터 화면을 자기만의 세상으로 한 글자씩 만들어 갈 선배 K의 모습을 상상해 봅니다. 그 시간 속에서 각자의 방식대로 성장해 나갈 여러분의 모습도 상상해 봅니다. 그렇게 오늘도 ‘내 책’을 꿈꾸는 모든 분들을 진심으로 응원합니다.

6장. 인세 특집
-책을 내면 대체 얼마나 버는데?

"근데 말이야. 이쯤에서 진짜 궁금해지는 게 있는데. 나는 인세로 얼마나 벌 수 있을까?"

선배 K가 부쩍 현실적 문제에 관심을 갖는 듯합니다. 없는 시간을 쪼개 아낌없이 노력을 쏟아붓고 있으니 궁금한 게 당연합니다.

"형, 인세 받아서 부자 되는 거 아니에요? 그럼 나한테 10% 떼 줘야 되는 거 알죠?"

재미있게도, '인세' 문제에는 작가든 독자든 많은 관심을 갖습니다. 제가 책을 내고 나서 가장 많이 받은 질문 역시 '인세로 얼마나 벌었느냐'는 것입니다. 유튜브에서도 '수익 공개'라는 제목만 달면 어느 정도의 흥행은 보증되는 마법의 키워드라고 하니 말 다했습니다.

선배 K의 궁금증도 풀 겸, 제게 질문했던 분들에게 답변도 드릴 겸 인세에 대해 얘기하려고 합니다. 책 쓰기가 과연 직장인이 사이드 잡으로 삼을 만한 것인지. 이 글을 읽는 독자분들께서도 가늠해 보기 바랍니다.

"일단, 인세는 기본적으로 책값의 10% 정도예요. 그럼 책이 과연 몇 권이나 팔릴지 예상해 봐야죠. 총 판매량에 책값을 곱하고 다시 10%를 계산하면 작가가 가져갈 몫이 나올 테니까요."

베스트셀러 중에서도 상위 1%인 100만 부 이상 팔린 밀리언셀러를 살펴보겠습니다. 책값이 15,000원이라고 한다면 매출액은 100만 부 곱하기 책 한 권 값이므로 총 150억 원입니다. 작가에게 돌아가는 인세 10%를 계산하니 15억 원입니다. 이 정도면 요즘 로또 당첨 금액과 엇비슷하네요.

밀리언셀러 매출액 → 100만 부 x 책값 15,000원 = 150억 원

작가 몫의 인세 → 매출액 150억 원 x 인세 10% =15억 원

"에이 그런 건 히가시노 게이고 같은 엄청나게 유명한 작가나 해당되는 거잖아."

맞습니다. 이 업계에서 가장 많이 가져가는 사람이 저 정도 가져간다고 보면 됩니다. 그렇지만 꼭 히가시노 게이고만 저렇게 성공하는 건 아닙니다. 난생처음으로 책을 낸 채사장은 200만 부를 넘게 팔았습니다. 또 회사를 다니며 일종의 사이드 잡으로 책을 쓴 임홍택의 《90년생이 온다》*도 족히 수십만 부가 팔렸습니다.

"와, 부자 됐겠다."

위의 공식을 대입해 보면 그가 가져간 인세를 대략 가늠해 볼 수 있습니다. 게다가 판매고가 올라갈수록 성과 보상을 받거나 인세가 올라가는 계약 조건도 있습니다. 때문에 밀리언셀러 저

* 《90년생이 온다》, 임홍택 저, 웨일북, 2018.

자의 인세는 위에서 계산한 금액 이상일 수 있습니다.

"형. 물론 출판 시장은 철저하게 승자 독식 구조예요. 20 대 80 파레토의 법칙이 아니라 1 대 99의 법칙이 적용된달까."

이는 6개월간 겨우 책 1권만 출간한 출판사가 전체 출판사의 약 40%에 달하는 통계만 봐도 확인할 수 있습니다('19년 상반기 기준 1종 이상 출간한 출판사 5,720곳 중 2,303곳의 출판사가 1종만 출판, 출판문화산업진흥원). 한 권도 출판하지 않은 곳은 아예 제외한 수치이니 대부분 어려운 환경에 처해 있는 것으로 보입니다.

"책 한 권의 기대 수익을 보면 현실은 좀 더 거침없이 드러나요."

2019년 상반기에 출간된 책이 총 42,500여 종입니다. 유아동 도서나 문제집을 제외하면 26,000여 종이고요. 26,000종 나누기 182.5일(1년 365일의 절반)을 하면 주말 포함, 하루 평균 142종의 책이 세상에 쏟아지는 셈입니다. 우리가 책을 내면 그날에 함께 태어난 친구들이 142종인 것이지요. 어쨌든 이 모든 책들의 전체 매출은 2019년 상반기 기준 약 1.3조 원이었습니다. 결국 책 한 권에 기대할 수 있는 평균 매출액은 약 3,100만 원(1.3조 원 ÷ 42,000종) 정도가 됩니다.

▼ KPIPA(출판문화산업진흥원) 2019 상반기 발행실적별 출판사 수

단위 : 개, %

발행종수		2018년 상반기		2019년 상반기		출판사 수 증감률
		출판사 수	구성비	출판사 수	구성비	
1~5종	1종	2,331	40.0	2,303	40.3	△ 1.2
	2종	945	16.2	902	15.8	△ 4.6
	3종	534	9.2	522	9.1	△ 2.2
	4종	341	5.9	339	5.9	△ 0.6
	5종	260	4.5	236	4.1	△ 9.2
	소계	4,411	75.7	4,302	75.2	△ 2.5
6~10종	6종	198	3.4	197	3.4	△ 0.5
	7종	155	2.7	158	2.8	1.9
	8종	126	2.2	118	2.1	△ 6.3
	9종	103	1.8	107	1.9	3.9
	10종	71	1.2	61	1.1	△ 14.1
	소계	653	11.2	641	11.2	△ 1.8
11~30종	11~15종	273	4.7	265	4.6	△ 2.9
	16~20종	134	2.3	131	2.3	△ 2.2
	21~25종	76	1.3	94	1.6	23.7
	26~30종	56	1.0	48	0.8	△ 14.3
	소계	539	9.3	9.3	9.4	△ 0.2
31종 이상	31~40종	53	0.9	65	1.1	22.6
	41~50종	40	0.7	41	0.7	2.5
	51~100종	79	1.4	84	1.5	6.3
	101종 이상	52	0.9	49	0.9	△ 5.8
	소계	224	3.8	239	4.2	6.7
합 계		5,827	100.0	5,720	100.0	△ 1.8

▼ KPIPA 2019 상반기 발행통계 추이

단위: 종, %

상위 분류	기본 분류	발행 종 수				
		2018년 상반기	2019년 상반기	구성비	증감	증감률
유아동	유아, 아동 (어린이)	3,646	3,267	7.7	△ 379	△ 10.4
교육	초등 학습 중고 학습 외국어 취업 / 수험서 / 자격증	12,942	13,291	31.2	349	2.7
문학	소설 시 / 에세이 / 희곡 등	7,012	6,984	16.4	△ 28	△ 0.4
인문	철학 / 심리 역사 / 문화 종교 기타 인문학	5,777	5,683	13.4	△ 94	△ 1.6
예술 / 대중문화	예술 / 대중문화	2,020	1,653	3.9	△ 367	△ 18.2
실용	자기계발 가정/생활 요리 / 취미 건강 / 스포츠 / 레저 여행	2,649	2,778	6.5	129	4.9
사회 과학	정치 / 사회 경제 / 경영	4,589	5,303	12.5	714	15.6
과학 기술	IT / 컴퓨터 자연 과학 기술 공학	4,113	3,574	8.4	△ 539	△ 13.1
합계		42,748	42,533	100.0	△ 215	△ 0.5

▼ KPIPA 출판산업(상장사) 주요 경영실적 변동 추이

단위: 억 원, 명, %, %p

구분	2017년		2018년		2019년	2019년 상반기 (전년 동기 대비)
	2017년 상반기 (전기 대비)	2017년 하반기 (전기 대비)	2018년 상반기 (전기 대비)	2018년 하반기 (전기 대비)	2019년 상반기 (전기 대비)	
매출액	12,295.5 (△ 3.8)	12,769.1 (3.9)	12,576.3 (△ 1.5)	13,102.1 (4.2)	12,939.3 (△ 1.2)	2.9
1인당 평균 매출액	1.71 (△ 11.3)	1.54 (△ 10.1)	1.55 (0.4)	1.64 (6.3)	1.64 (0.0)	6.3
영업 이익액	613.2 (△ 30.7)	710.8 (15.9)	183.5 (△ 74.2)	626.2 (241.3)	388.0 (△ 38.0)	111.4
영업 이익률	5.0 (△ 1.9p)	5.6 (0.6p)	1.5 (△ 4.1p)	4.8 (3.3p)	3.0 (△ 1.8p)	1.5p
유동 비율	175.3 (2.8p)	161.4 (△ 13.9p)	160.4 (△ 1.0p)	146.9 (△ 13.5p)	147.2 (0.3p)	△ 13.2p
수출액	126.2 (1.4p)	123.1 (△ 2.5p)	124.0 (0.7)	134.6 (8.5)	134.5 (△ 0.1)	8.5
종사자 수	7,186 (8.5)	8,301 (15.5)	8,140 (△ 1.9)	7,975 (△ 2.0)	7,881 (△ 1.2)	△ 3.2

이 정도의 기대 매출액마저도 처음 책을 내는 초보 작가에겐 먼 이야기일 수 있습니다. 대부분의 책들이 초판 1쇄만 발행하고 역사 속으로 사라져 버리기 때문입니다. 첫 쇄조차 다 팔리지 못한다는 건 진짜 슬픈 일입니다.

“그럼 1쇄에 몇 부나 찍는데? 1쇄에 대한 인세가 거의 처음이자 마지막 수익이 될 수 있겠네. 아주 현실적으로 말이야.”

출판사마다 다르긴 하지만 1쇄에 2, 3천 부가 기본이라고 보시면 됩니다. 초보 작가의 책은 1천 부를 찍기도 합니다. 평균 잡아 2천 부라고 했을 때 초판 인세는 약 300만 원이 됩니다.

“형, 이 숫자 놀랍지 않아요? 위에서 책을 한 권 출판할 때 기대 수익이 약 3천만 원이었는데요. 1쇄에 해당하는 인세가 300만 원이에요!”

이 얘기는 쉽게 말해 우리나라에서 출판되는 책들은 평균 딱 1쇄만큼만 팔린다는 뜻이기도 합니다. 사실, 많이 팔리는 문제집이나 수험서가 포함된 평균이니 현실이 그보다 더 열악할 것 같습니다. 책을 낸 저자로서 씁쓸한 현실이네요. 어쨌든 이 인세는 계약 시점에 선인세 개념으로 300만 원을 한 번에 받을 수도 있고, 일부만 받고 판매 부수에 따라 인세 정산을 할 수도 있습니다. 이는 계약하기 나름이라고 보시면 됩니다.

선배 K의 첫 책 기대 수익

1쇄 2천 부 × 책값 15,000원 × 인세 10% = 300만 원

“아, 그렇다면 글쓰기를 사이드 잡으로 삼기엔 너무 팍팍한 거 아냐? 투입한 시간과 노동력을 생각해 보면 말이야.”

물론 수개월간 투입한 시간 대비 수익으로 생각하면 그리 좋은 편은 아닙니다. 그럼에도 불구하고 책을 쓰는 것만의 분명한

장점이 있습니다. 제가 말하는 '인세 너머의 것'이 바로 그것입니다.

이는 인세보다 더 중요하고 책을 내는 본질에 가까운 것입니다. 직장을 다니면서 책을 내야 하는 이유도 바로 이 인세 너머의 것이 있기 때문입니다. 과연 그게 무엇인지 다음 편에서 구체적으로 다루겠습니다.

7장. 인세 특집
-인세보다 더 쏠쏠한 게 바로 이것!

이번 편은 인세 너머의 것들, 그러니까 인세 이외의 가치를 만드는 것들에 대해 이야기하려고 합니다. 장기적이고도 지속적인 수익 창출에 관한 근본적인 이야기가 될 것입니다. 크게 세 가지 관점에서 살펴보겠습니다.

첫째. 파이프라인 관점

'파이프라인'이란 《파이프라인 우화》*로 알려진 이야기에서 가져온 개념입니다. 이 우화는 상당히 재미있습니다. 그러면서도 비즈니스에 대한 직관적 이해를 돕습니다. 재미있으면서 의미도 있는 이야기이니만큼 무슨 내용인지 간단히 짚고 넘어가겠습니다.

옛날 옛날 먼 옛날, 이탈리아 작은 마을에 파블로와 브루노라는 두 친구가 있었습니다. 마을에서 좀 떨어진 곳에는 계곡이 있었는데 두 친구는 마을로 물을 길어 와 돈을 벌었습니다. 물 한 양동이에 1페니. 많이 왕복할수록 더 많은 돈을 벌 수 있었습

* 《파이프라인 우화》, 버크 헤지스 저, 라인, 2015.

니다. 브루노는 최대한 많은 물을 나르려고 했습니다. 그렇게 열심히 일하면 근사한 식사도 하고 언젠가 집도 살 수 있을 거라 생각했죠.

하지만 파블로는 달랐습니다. 이런 생활을 계속하다간 관절염 때문에 파스 값이 더 많이 들 것 같았습니다. 그는 고민했습니다. 좀 더 나은 방법이 없을까. 고민을 거듭한 끝에 그는 퇴근 이후 시간과 주말을 활용해 마을과 계곡을 연결하는 파이프라인을 만들어야겠다고 결심했습니다. 마을 사람들은 파블로의 허무맹랑한 생각을 듣고 그를 비웃었습니다. 파이프라인을 만드는 일은 당장 아무런 소득을 낼 수 없으며 몇 년이 걸릴지도 모를 무모한 일이었기 때문입니다.

브루노는 그 시간에 물을 한 번이라도 더 나르는 게 낫다고 생각했습니다. 그래서 그는 허리가 굽을 때까지 열심히 일했습니다. 어깨와 허리가 아팠지만 인내해야 했습니다. 그렇게 몇 년이 지났을까요. 거짓말 같은 일이 일어납니다. 마침내 파블로의 파이프라인이 완성된 것이지요. 이제 마을에서는 수도꼭지만 돌리면 물이 나왔습니다. 굳이 물을 길으러 멀리 계곡까지 갈 필요가 없게 되었습니다. 사람들은 파블로에게 돈을 주고 물을 사기 시작했습니다. 이제 파블로는 일을 하지 않아도 수익이 생겼습니다. 심지어 그가 자고 있는 동안에도 수익이 만들어졌습니다.

오래된 우화입니다만, 두 친구의 이야기는 오늘을 살아가는 직장인들에게도 그대로 적용할 수 있습니다. 우리는 시간과 노동력을 맞바꾸며 수익을 만들어 냅니다. 그렇게 더 많은 시간과 더 많은 노동력을 투입하려고 발버둥치는 것 같습니다. 브루노처럼 말입니다.

"아, 이거 들어 본 것 같다!"

"네. 나름 유명한 우화인데. 저는 브루노만 보면 저를 보는 것 같아서 씁쓸하더라고요. 성실하고 말 잘 듣는 직장인……."

우화에 등장하는 파이프라인은 지금 당장 수익을 낼 수 없지만 나중엔 큰 노력 없이도 가치를 만들어 낼 '시스템'을 가리킵니다. 책 쓰기는 개인이 만들 수 있는 여러 가지 파이프라인 중 하나입니다. 어쩌면 길고 긴 파이프라인 공정의 첫 번째 삽을 뜬 거라고 볼 수도 있겠지요. 묵묵히 땅을 파던 파블로처럼 말입니다.

책을 쓴다는 건 나만의 콘텐츠가 있다는 뜻입니다. 그리고 그런 나만의 콘텐츠에 투자한 출판사의 검증을 받았다는 이야기이기도 합니다. 때문에 나만의 콘텐츠를 레버리지 삼아 파이프라인을 다양하게 확장할 수 있습니다. 그러한 현실적인 확장에 대해서는 아래에서 좀 더 자세히 설명하겠습니다.

둘째. 부가 수익 관점

나만의 파이프라인 확장 방법은 부가 수익 관점에서 살펴볼 수 있습니다. 대표적인 부가 수익을 꼽는다면 바로 강연입니다. 작가가 책을 쓰면서 가진 생각이나 고민, 작가만의 경험을 직접 듣고 싶어 하는 사람들을 위한 것이지요.

"기억하세요? 저도 책 내고 '트레바리'랑 '백화점 문화센터'에서 한창 강연했던 적이 있잖아요."

가수들이 음원 수익이 아닌 공연 수익으로 매출 대부분을 만들어 내듯 작가도 인세보다는 강연 수익이 높을 수 있습니다. 게다가 원고 의뢰도 들어옵니다. 여행책을 내고 나서 항공사 매거진, 대한항공 여행 블로그 등의 의뢰를 받고 글을 쓴 적이 있습니다. 외부 강연 자료와 기고 자료를 모아 자신만의 스토리로 지식 판매를 할 수도 있습니다. 게다가 요즘엔 '클래스 101', '문토' 등 지식 판매 플랫폼이 잘 발달돼 있습니다. 스스로 적극적으로 움직인다면 기회는 충분히 많습니다.

셋째. 퍼스널 브랜딩 관점

또 하나의 파이프라인 확장은 바로 퍼스널 브랜딩 관점에서 살펴볼 수 있습니다.

"회사원들 항상 불안해하잖아요. 그래서 자기 계발을 하고 학원도 다니고 자격증도 따고 대학원도 가고 그러잖아요. 그런데 저는 책을 쓰는 것만큼 자기 계발에 유용한 건 없는 것 같아요. 쓰면서 배우는 것도 있고요."

그렇게 특정 분야에서 책을 내면 나만의 콘텐츠가 만들어집니다. 나만의 콘텐츠로 강연하고 외부 기고를 하면 자연스럽게 해당 분야에 레퍼런스가 쌓입니다. 원하지 않아도 어느 정도 그 분야에서 목소리를 낼 수 있는 선순환 구조가 만들어지는 것이지요. 이를 반복하다 보면 커진 눈덩이를 굴리듯, 나중에는 첫 책만큼의 공을 들이지 않아도 더 많은 결과물로 확장할 수 있습니다. 무엇보다 나만의 이야기를 할 수 있는 시스템이 만들어집니다. 결국 장기적으로 자신의 네임 밸류를 높이고 자신만의 부가 가치를 만들 수 있는 것이지요. 바로 파이프라인이 만들어지는 과정입니다.

우리가 자기 계발을 하고 나의 가치를 높이는 것은 결국 스스로 성장하기 위한 것입니다. 또한 나만의 확고한 영역을 구축해 생존하기 위해서이기도 합니다. 책을 낸다는 건 성장과 자기 영역 구축이라는 두 가지를 모두 잡기 위해 한 걸음 나아가는 것 아닐까요. 지금 쓰는 한 문장이 무슨 힘이 있겠느냐만은 앞서 말한 과정들을 묵묵히 이겨 낸 이후 뒤돌아 봤을 때, 책을 내기 전에는 진입하기 어려웠던 영역에 들어가 있는 스스로를 발견할 수 있을 거라 확신합니다.

정리 – 보이는 것과 보이지 않는 것

두 편에 걸쳐서 인세에 대해 살펴봤습니다. 과연 인세로 얼마나 벌 수 있는지 판매 부수에 따른 예상 수익을 따져봤습니다. 또한 인세 너머의 것들도 있었습니다. 나만의 파이프라인을 구축할 수 있다는 점에서 책 쓰기는 분명한 장점이 있습니다. 직장 생활을 열심히 하려는 직장인일수록, 나만의 전문 분야를 구축하고 싶은 전문가일수록! 내 이름으로 된 나만의 콘텐츠는 든든한 지원군이 될 거라고 확신합니다. 파블로의 파이프라인처럼요.

지금 당장 손에 쥘 수 있는 것 너머에 있는 것을 보기 바랍니다. 인세도 좋지만 그 뒤에 만들어질 수많은 가치를 보기 바랍니다. 물론 그 가치는 순전히 본인이 어떻게 만들어 가느냐에 달려 있습니다. 브루노로 살 것인가 파블로로 살 것인가. 그것 또한 본인의 선택입니다만, 이 험한 세상에 자신만의 파이프라인 한 개 정도는 일단 만들어 보길 추천합니다.

8장. 따라 하면 책이 되는 글쓰기 루틴

잘나가는 작가들의 글쓰기 루틴

시간은 누구에게나 부족합니다. 특히나 직장을 다니는 분들은 퇴근 후의 시간이 얼마나 빠르게 사라져 버리는지 공감하실 겁니다. 더구나 이런 상황에서 사이드 프로젝트를 계획한다는 건 시간과의 싸움이지요. 그렇기에 퇴근 후 시간 관리를 어떻게 하느냐가 사이드 프로젝트의 성공 여부를 결정합니다.

"그래서 말인데, 너는 글을 언제 써? 아니, 글 쓸 시간을 어떻게 확보하는 거야? 벌써 세 권이나 냈는데. 회사만 다니기도 정신없잖아."

선배 K가 묻습니다. 아마도 열심히 글을 써 보려는데, 직장과 가정을 오가다 보니 마음만큼 진도가 안 나가는 모양이네요.

"의외로 그렇게 질문하는 사람들이 많더라고요. 그런데 시간을 어떻게 확보하느냐보다 더 큰 문제가 있어요."

"응? 그게 뭔데?"

확보한 시간 내내 글이 잘 써지는 건 아닙니다. 오래 앉아 있는다고 해서 좋은 글이 뿅 하고 튀어나오는 게 아니기 때문입니다. 글 쓸 시간을 확보하기도 어렵지만 애써 확보한 시간을 얼마나 효과적으로 그리고 효율적으로 쓰느냐는 더 어려운 문제입니다.

"내가 좋아하는 다른 작가들이 시간을 어떻게 활용하는지 살펴보면 좋을 것 같아요."

팟빵 라디오 '책 이게 뭐라고'를 들어 보니, 작가 장강명은 하루에 써야 할 시간을 정해 놓고 글을 쓴다고 합니다. 출근 시간과 퇴근 시간이 정해져 있는 직장인처럼 말이죠. 그렇게 엑셀에 정리까지 해 가며 그날의 루틴을 만든다고 합니다. 기자 출신답게 철저하고 성실히 시간 관리를 하는 모습이 대단해 보입니다. 무라카미 하루키도 마찬가지로 시간을 정해 놓고 글을 씁니다. 그의 책 《직업으로서의 소설가》를 보면 하루에 몇 시간은 반드시 앉아서 글을 쓰는 시간으로 정해 놓았다고 합니다.

"이렇게 시간을 기준으로 루틴을 만들면 그날그날의 마감 시간이 정해지죠. 늘어지지 않고 집중력을 발휘할 수 있다는 장점이 있어요. 물론 결과와 상관없이 시간만 채울 수도 있겠지만요."

그래서 작가 강원국은 시간을 정해 놓기보다 분량을 정해 놓고 글을 쓴다고 합니다. 그렇게 하루에 한 꼭지의 글을 완성하는 것이 루틴이라고 하네요. 여기서 말하는 한 꼭지란 하나의 주제를 중심으로 완성된 글 한 편이라고 볼 수 있습니다. 이렇게 정한 분량을 빠르게 완성한다면 조기 퇴근도 가능하다고 합니다. 물론 그는 프리랜서이지만 스스로에게 주는 작은 보상인 셈입니다. 그 보상을 위해 더욱 집중력을 발휘하여 글을 쓸 수도 있고요.

"이건 매일 글을 써야 하는 사람들이 시간과 집중력을 효율적으로 관리할 수 있는 방식 같아요."

"응, 그러네. 방법마다 장단점이 명확하게 갈리겠어."

선배 K가 다른 작가들의 이야기를 흥미롭게 듣습니다. 그의 말처럼 장단점이 명확하게 갈리는 방법들이니만큼 어느 게 더 좋다거나 옳다고 할 수는 없습니다.

"그러니까 무엇보다 중요한 건 나한테 딱 맞는 루틴을 찾는 거예요!"

출간을 부르는 글쓰기 루틴 6단계

이제 제 얘기를 해 보려 합니다. 그간 제가 꾸준히 보완하며 실천해 온 글쓰기 루틴인데요. 이름하여 '출간을 부르는 글쓰기 루틴 6단계'입니다. 특히 저처럼 직장에 다니며 사이드 프로젝트로 책을 쓰는 분들이 참고하면 좋을 것 같습니다.

준비 단계

"일단, 책 한 권을 쓴다고 하면요. 저는 책의 전체적인 방향과 콘셉트를 구성하기까지 오랜 시간을 쏟는 편이에요. '무슨 책을 쓰지?'에 대한 고민이죠."

이 고민을 책상에 앉아 인상을 벅벅 쓰면서 하는 건 아닙니다. 책을 읽거나 영화를 보거나 평소에 하고 싶던 이야기를 메모하면서 차근차근 만들어 갑니다. 시간은 대중없고 장소도 정해진 곳이 없죠. 그렇게 책 한 권의 전체적인 방향과 차별성에 대해, 생각을 뾰족하게 다듬습니다. 그러다 '나는 ○○에 대한 책을 써야겠다'는 게 어느 정도 정리되면, 세부적으로 어떤 것을 얘기할 것인지 소주제를 하나씩 정해 갑니다.

말하자면 책의 목차를 써 보는 것이죠. 목차를 쓰면서 책을 구성하는 뼈대를 어떻게 세울지, 각 장을 어떤 내용으로 채울지 구상합니다. 이때 목차(소주제)가 충분히 나오지 않거나 뻔한 내용이 만들어지거나 나만의 강점이 뾰족해지지 않는다면, 실제 프로젝트를 시작하긴 어렵습니다. 그럴 때에는 좀 더 생각의 숙성 과정을 거쳐야 합니다. 저는 이 단계에서 생각을 정리하고 메모하며 '에버노트'라는 애플리케이션을 사용합니다. 노트로 사용하기에 강력한 프로그램이죠. 그리고 새로운 아이디어를 내야 하거나, 아이디어를 확장하고 싶을 때는 '마인드노드'를 씁니다.

1단계 결과물: 책의 주제, 책의 목차
사용 프로그램(애플리케이션): 에버노트, 마인드노드

개별 장 구상

책의 전체적인 방향이 정해지고 목차까지 짰다면, 목차를 구성하는 개별 장에 해당하는 글을 써야 합니다. 앞서 저는 장 한 편

(한 꼭지)을 쓸 때 약 5천 자 정도 쓴다고 했는데요. 그렇게 하나의 소주제를 작성하기 위해 글감을 모읍니다. 바로 2단계에서 할 일이지요. 떠오르는 생각을 메모하기도 하고, 책을 보며 인용할 만한 것을 적어 두기도 합니다. 영화나 드라마를 보면서 참고할 만한 사항들을 기록하기도 하고, 회사 생활 중에 재밌었던 경험을 정리해 두기도 합니다. 흥미로운 기사는 저장하며, 화장실에서 갑자기 아이디어가 떠오르면 급하게 적기도 합니다. 재료가 다양할수록 글은 풍성해집니다. 물론 주제와 찰떡같이 딱 맞아떨어져야 하겠죠. 이 단계에서는 역시 에버노트를 사용하고, 기사를 스크랩할 때는 '네이버 Keep'을 이용합니다.

2단계 결과물: 하나의 주제 아래 모인 글감들
사용 프로그램: 에버노트, 네이버 Keep

개요 쓰기

본격적으로 집중력을 발휘해 글을 쓰는 단계입니다. 전 단계가 준비 운동이었다면 이번 단계부터는 본게임입니다. 저는 회사 출근 전 카페에서 한 시간을 꼭 확보하려고 합니다.

"이때 딱 한 시간만 활용 가능하다는 점이 진짜 매력적인 것 같아요"

글이 잘 써진다고 해서 출근을 건너뛸 수는 없습니다. 잘되든

안되든 모든 걸 한 시간 안에 끝내고야 말겠다는 쫀쫀한 긴장감이 만들어집니다. 그 때문에 생산성이 향상되는 시간이기도 합니다. 이런 황금 시간에 저는 '개요 쓰기'를 합니다. 최대한 상세하게 쓰려고 합니다. 한 편의 글을 완성하기 위한 구조를 잡는 작업이죠.

개요를 쓴다는 건 0에서 1을 만드는 작업입니다. 창조적인 작업이지요. 이때는 죽이 되든 밥이 되는 무엇이든 머릿속에 있는 생각을 글로 치환시켜 꺼내 놓는 게 중요합니다. 앞 단계에서 글감으로 모아 두었던 소재들을 확장하며, 그렇게 글의 뼈대를 세워 가야 합니다. 뼈대는 최대한 촘촘하고 자세하게 세우는 게 좋습니다. 그럴수록 다음 단계인 '본문 구성'이 쉬워지기 때문입니다. 한 시간 안에 개요가 마무리되면 남은 시간 동안 바로 다음 단계로 넘어가 본문 쓰기를 이어서 진행하기도 합니다. 이때 사용하는 툴은 글쓰기 프로그램인 '스크리브너Scrivener'입니다. 흔히들 사용하는 워드프로세서와 달리 긴 글을 쓸 때 강력한 강점을 발휘하는 프로그램입니다.

3단계 결과물: 짱짱한 개요
사용 프로그램: 스크리브너
활용 시간대: 출근 전 한 시간

초고 쓰기

아침에 썼던 개요를 바탕으로 본문을 쓰는 단계입니다. 이미 개요가 짱짱하게 짜여 있다면 살을 붙여 나가는 건 상대적으로 수월합니다. 본문 쓰기는 1에서 9까지 만들어 가는 작업입니다. 이건 보통 퇴근 후 저녁 시간을 활용합니다. 퇴근 후 시간이니 만큼 제한 없이 충분히 쓸 수 있습니다. 집에서 쓰기도 하고 집 앞 카페에서 문 닫을 때까지 쓰기도 합니다. 이론적으로는 밤을 새워 작업하는 것도 가능은 하겠네요.

이때 쓰는 글은 첫 번째 원고란 의미에서 초고에 해당합니다.

"초고는 최대한 많은 분량을 쏟아 내는 게 목표라고 생각해요."

머리에 있는 걸 글자로 모두 다 풀어낸다는 생각으로 일단 씁니다. 수정은 다음 단계에서 하겠다는 일념으로 분량을 쭉쭉 뽑는 게 지름길입니다. 이게 진짜 중요한 원칙인데, 문제는 생각대로 되지 않는다는 겁니다. 생각을 술술 풀어 가기는커녕 쓰다 고치다를 반복하다 보면 아침에 써 놓은 개요만 주야장천 보게 되죠. 아침에는 말이 됐는데 저녁에는 말이 안 되는 부분도 있고. 자세히 보니까 좀 허접한 부분도 눈에 들어옵니다.

이건 누구나 비슷한 상황일 듯합니다. 헤밍웨이도 "나의 모든 초고는 걸레다"라고 말했을 정도니 말이죠. 그러니 기죽지 말고 일단 뭐라도 쓰는 게 중요합니다. 초고를 쓰면서 퇴고를 동시에 하려고 하면 절대 진도를 나갈 수 없습니다. 한 글쓰기 책에서는 이런 문제를 미연에 방지하기 위해 모니터를 끈 채 글을 쓰라고 충고합니다. 보면 자꾸 고치고 싶어지니까 내가 쓴 글을 실시간으로 볼 수 없게 만드는 것이지요. 이렇게 초고 쓰기를 할 땐 시간이 무한정이라는 생각에 효율이 떨어지는 게 단점이지만 스스로 만족할 때까지 쓸 수 있다는 장점 또한 존재합니다. 좀 다른 의미에서 일종의 '개와 늑대의 글쓰기 시간'이네요.

4단계 결과물: 본문 초고

사용 프로그램: 스크리브너

활용 시간대: 퇴근 후 장단점이 공존하는 개와 늑대의 시간

퇴고하기

초고를 완성하고 나서는 글을 좀 묵혀 두는 게 좋습니다. 고기를 드라이 에이징 하듯 글에게도 시간을 줍니다. 그렇게 일정 시간 거리를 두거나 며칠 뒤에 봅니다. 저녁에 쓴 글을 아침에 보거나, 주중에 쓴 글을 주말에 보는 식이지요. 그럼 신기하게 내가 쓴 글이 맞나 싶을 정도로 어색하고 이상하고 뭔가 낯선 느낌이 들 것입니다. 다 뜯어고치고 싶은 생각이 불끈불끈 솟아날 테고요.

"그 에너지를 최대한 쏟아부어서 실행에 옮기면 돼요. 그러니까 말하자면 퇴고를 하는 거죠."

어느 때는 조금 손보는 보수 공사로는 도저히 안 되겠다는 생각이 들기도 합니다. 그럴 땐 눈물을 머금고 과감히 다시 3단계로 갑니다. 심지어 2단계로 갈 때도 있습니다. 이건 좀 괴로운 상황이네요. 이를 막으려면 애초에 개요 짜기라는 기초 공사가 잘돼야 합니다.

5단계 결과물: 본문 퇴고
사용 프로그램: 스크리브너
활용 시간대: 주중 저녁 또는 주말

공개하기

"저는 글을 쓰면 일기장에 박아 두기보단, 가급적 온라인상에 모두 공개하려고 해요."

그러면 짧더라도 글 한 편을 마무리한다는 느낌이 들어서 좋습니다. 비록 온라인이긴 해도 발행하는 것이니, 그렇게 글의 완성도를 더욱 높이는 동인이 되기도 합니다. 저는 글을 주로 브런치 플랫폼에 공개하는데요. 공개하기 전에 마지막으로 퇴고를 한 차례 더 합니다. 문장을 다듬고 표현을 좀 더 매끄럽게 합니다. 맞춤법도 확인하고 마지막으로 레퍼런스도 다시 체크합니다. 필요에 따라서는 관련 자료나 이미지를 첨부하기도 합니다.

《정리하는 뇌》*를 보면, 인간의 뇌는 한 가지 일을 끝내고서 스스로에게 보상 호르몬을 준다고 합니다. 온라인에 글 한 편을 공개하는 것 역시 완성하고 나면 보상 같은 쾌감이 뒤따릅니다.

"그러니까 형도 앞으로는 글을 쓰면 혼자만 보지 말고 꼭 공개했으면 해요."

아무도 찾아와 주지 않는 블로그라도 자신의 글을 공개한다는 사실 자체가 작가를 긴장하게 만듭니다. 그래서 작은 세부 사항 하나도 놓치지 않고 확인하게 됩니다. 이렇게 완성도를 높일 수 있다는 건 온라인 공개의 가장 큰 장점입니다.

6단계 결과물: 온라인에 공개하는 글 한 편

사용 플랫폼: 브런치(brunch.co.kr)

정리 – 나의 루틴은 어디에?

지금까지 글쓰기를 위한 시간 활용 방법에 대해 살펴봤습니다. 그러나 이런 방법을 100가지 아는 것보다 훨씬 더 중요한 것은 바로 직접 글을 쓰는 것입니다. 유튜브 방송을 시작하는 가장 명확한 방법은 바로 지금 당장 유튜브를 시작하는 것이라는 말이 있는데요. 책을 출간하는 것도 그대로 적용해 볼 수 있습니다.

---

* 《정리하는 뇌》, 대니얼 J. 레비틴 저, 김성훈 역, 와이즈베리, 2015.

책을 내기 위한 가장 명확하고 쉬운 방법은 지금 바로 글을 쓰는 것입니다. 시간은 모두에게 공평하게 주어진 자원입니다. 그러니 오늘 나만의 시간을 깨알처럼 활용하길 바랍니다. 그렇게 보석처럼 빛나는 여러분만의 글쓰기 루틴을 만들어 가길 응원하겠습니다.

9장. 글재주가 없어도 책을 낼 수 있을까

키가 작아도 농구 선수가 될 수 있을까

"그러니까 형. 이제 쓰는 일만 남았네요."

"그치. 그런데 예전부터 궁금했는데, 글재주가 없어도 책을 낼 수 있을까? 네가 출판해 주는 건 아니지만 그래도 네 의견이 궁금하네."

우리는 지금까지 왜 책을 내야 하는지, 출판 과정은 어떻게 되는지, 출판이 되는 글과 되지 못하는 글은 어떻게 다른지, 그리고 책 한 권을 출판하려면 글의 분량이 얼마나 돼야 하는지 등을 알아봤습니다. 그럼 이제 쓰는 일만 남았는데요. 이 '글을 쓰는 일'이 참 문제입니다. 글을 쓴다는 건 출간의 가장 본질적인 부분입니다. 다른 이가 대신해 줄 수 없고 지름길도 없습니다. 어찌 보면 쓴다는 행위 자체는 쉬워 보입니다. 하루에도 몇 번씩 SNS에 글을 남기고 카카오톡 메시지를 수십 번씩 주고받는 게 일상이니까요.

그렇지만 그렇게 일상에서 쓰는 짧은 글과, 돈을 받고 판매하는 글은 다를 수밖에 없습니다. 그것도 긴 글을 책 한 권으로 엮어 내는 건 얘기가 조금 다릅니다. 그렇기에 선배 K는 글쓰기의 어려움을 토로한 것이겠지요.

"제가 볼 때 그 질문은 이런 질문과 비슷한 것 같아요. 키가 작은데 농구 선수가 될 수 있을까?"

"음…… 뭐 아주 불가능하진 않겠지."

"네. 될 수야 있죠. 근데 결코 유리한 위치는 아니라는 거? 근데 키보다 더 중요한 게 있다고 봐요."

4할 타자가 알려 주는 타격의 과학

《타격의 과학》*이라는 책이 있습니다. 워런 버핏이 책상에 표지를 잘라 붙여 놓고 매일 봤다는 바로 그 책입니다. 메이저리그 마지막 4할대 타자인 테드 윌리엄스가 쓴 책인데요. 그는 이 책에서 집착에 가까운 완벽주의를 보여 줍니다. 이를테면 그는 매일 밤 야구 방망이를 알코올 솜으로 닦았다고 합니다. 방망이에 실오라기 하나라도 묻는 걸 싫어 했고 작은 흠집도 용납하지 않았기 때문입니다. 그렇게 방망이를 애지중지 아끼며 수시로 무게를 쟀답니다. 혹시라도 그라운드의 흙먼지가 묻을 수 있고 습기가 찰 수도 있으니까요. 실제로 공장에서 무게가 조금 다른 배트가 생산됐을 때 그는 단번에 알아차렸다고 하네요.

"와, 그 정도면 방망이 집착증 아냐?"

좀 괴짜 같은 면이 있어 보이긴 합니다. 그렇지만 테드 윌리엄스가 이 책에서 말하려는 핵심은 바로 '야구를 대하는 자세'

---

* 《타격의 과학》, 테드 윌리엄스 저, 김은식 역, 이상, 2011.

즉, 마인드셋이라고 생각합니다. 워런 버핏도 바로 이런 자세와 태도를 배우고 싶었던 게 아닐까요. 혹은 그 마음가짐을 스스로 각성하고 싶었던 것이겠지요.

“형, 저는 글쓰기도 마찬가지라고 봐요.”

가장 중요한 건 글쓰기를 어떻게 바라보고 대하느냐, 어떤 글을 쓰고 싶고 어떤 작가가 되고 싶느냐에 관한 마인드셋. 이것이 핵심이라고 생각합니다. 글을 얼마나 잘 쓸 것인가에 관한 방법론은 그다음 단계입니다. 한 문단에 하나의 주제 쓰기, 짧게 쓰기, 개요 쓰기, 사례를 들어 말하기, 사동형 문장 피하기, 습관적인 부사 사용 경계하기, 반복되는 말 피하기 등과 같은 방법론을 통해 글쓰기 기술이 조금 나아질 순 있을 것입니다. 그러나 어떤 글이 좋은 글인지 내 글은 어떻게 달라질 수 있는지, 테드 윌리엄스처럼 진지하게 고민하고 글을 대한다면 분명 남다른 작가가 될 것입니다.

“그래, 사실 어떤 일이든 마찬가지지. 마인드셋! 삶을 대하는 자세가 중요하달까.”

“맞아요. 가장 기본이지만 가장 중요한 것 같아요.”

“오케이 알겠어. 근데 너는 어땠어? 그런 마인드셋으로 구체적으로 뭘 했냐 이거지. 테드 윌리엄스처럼 키보드를 알코올 솜으로 매일 닦았어? 아님 마우스 무게를 매일 쟀나?”

“설마요.”

글쓰기 모임에서 트레이닝

가장 효과적으로 글쓰기 역량을 높일 수 있으면서 특별한 비용도 들지 않는 방법이 있습니다. 바로 글쓰기 모임입니다. 작가 이슬아도 글쓰기 모임에 나가 작문을 했다고 하는데요. 그의 말을 빌리자면 성실하게 썼다고 합니다. 아무도 글을 써 오지 않는 날에도 본인만큼은 꼭 써 갔다고 해요.

실은 저도 글쓰기 모임을 꾸준히 나갔습니다. 하나의 주제를 놓고 대여섯 명이 글을 써서 서로 의견을 교환하는 방식의 모임이었죠. 비록 학생 때 얘기긴 합니다만 그 당시 2년 남짓 성실하게 글쓰기 모임에 나갔던 게 훗날 큰 도움이 됐습니다. 자신이 쓴 글을 남에게 한 번이라도 보여준 경험이 있는 사람은 잘 알 텐데요. 상당히 민망하고 부끄럽습니다. 다른 사람의 비판에 고개가 끄덕여지면서도 뭔가 발가벗겨져 난도질을 당하는 듯한 수치심이 든달까요. 쓴소리라도 들으면 분하고 억울해서 잠도 안 올 지경이었습니다. 어쨌든 저는 그 시간을 보내면서 스스로 조금씩 달라지는 걸 느꼈습니다.

글쓰기 모임은 또한 같은 주제를 놓고 다양한 시선을 읽을 수 있다는 장점도 있습니다. 내가 생각지 못했던 방법에 대해 알게 되기도 하고 다른 사람의 시각도 이해하게 됩니다. 자연스레 다양한 관점을 체득하며 글쓰기의 근육이 늘게 되지요.

“근데 책 한 권 쓰자고 당장 글쓰기 모임부터 나갈 수는 없는 거 아냐? 그냥 내 생각과 느낌을 정돈되게 표현할 수 있을 정도면 될 것 같은데."

"맞아요. 동의해요. 사람마다 정도의 차이는 있겠지만 당장 효과를 실감하기 어렵죠. 시간과 노력이라는 자원을 꾸준하게 투자해야 하는 느린 방법이에요. 그렇지만 내 글을 다른 사람에게 보여 주고 의견을 들어 보는 과정은 큰 도움이 될 거예요."

글쓰기는 기술이라고 생각합니다. 기술 하나를 익히기 위해 꾸준히 연습해 나가는 건 필수적인 요소라고 생각하고요. 그 과정에서 타인의 시선은 좋은 스승이 될 수 있습니다. 글이라고 하는 게 어차피 대중들이 보고 느끼고 공감하도록 공개하는 것이니 말이지요. 시간과 노력이라는 상수를 잊지 않았으면 합니다.

글쓰기를 책으로 배웠어요

꼭 모임이 아니더라도 요즘에는 글쓰기 교실이나 글쓰기 학교 같은 곳도 많습니다. 출판을 목적으로 한 글쓰기 강좌도 있고요. 모두 글쓰기 기술의 기본을 잡는 데 도움이 되는 곳입니다. 그러나 글쓰기 방법론에 관한 이야기는 시중에 나와 있는 책을 통해서도 충분히 체득할 수 있습니다. 제가 흥미롭게 봤던 몇 가지 책을 소개합니다.

《유시민의 글쓰기 특강》**에는 몸으로 익히는 글쓰기

** 《유시민의 글쓰기 특강》, 유시민 저, 생각의길, 2015.

습관의 중요성이 담겼습니다. 《강원국의 글쓰기》 ***에서는 절박함이 주는 몰입에 대해 알 수 있습니다. 《유혹하는 글쓰기》 ****는 많이 읽고 많이 쓰라고 조언합니다. 《글쓰기의 공중부양》 *****에서는 생동감 있는 단어 채집이 얼마나 중요한지 다룹니다. 《책 한번 써봅시다》 ******는 자신의 글을 다른 사람에게 보여 주고 의견을 들어 보라고 말합니다.

위 작품들은 모두 글발로는 둘째가라면 서러워할 사람들이 낸 책입니다. 그럼에도 전에 없이 새롭거나 완전히 처음 보는 관점은 아닐 것입니다. 어쩌면 가장 기본 중의 기본에 해당하는 말들이라고 볼 수 있죠. 결국 알고 있느냐보다 어떻게 내 글에 적용하느냐가 훨씬 더 중요한 문제입니다. 수영을 잘하는 법이나 주차 잘하는 법을 책으로 아무리 익혀 봤자 스스로 연습하지 않으면 결국 내 기술이 되지 않는 것과 같은 이치입니다.

정리

이 챕터 초반에 글쓰기를 바라보는 자세와 태도의 중요성에 대해 말했습니다. 그리고 구체적 방법론으로 글쓰기 모임을 추천

*** 《강원국의 글쓰기》, 강원국 저, 메디치미디어, 2018.

**** 《유혹하는 글쓰기》, 스티븐 킹 저, 김진준 역, 김영사, 2017.

***** 《글쓰기의 공중부양》, 이외수 저, 해냄, 2007.

****** 《책 한번 써봅시다》, 장강명 저, 한겨레출판, 2020.

했고요. 시중에 나와 있는 글쓰기 책도 언급했습니다. 그러나 무엇보다 자신에게 맞는 방법을 찾아 시간과 노력을 꾸준하게 투자해야 한다고 말씀드렸습니다.

다시 이 글의 첫 질문으로 돌아가 보겠습니다. 키가 작은 사람도 농구 선수가 될 수 있을까요? 그리고 글재주가 없어도 책을 낼 수 있을까요? 두 경우 모두 결코 유리한 상황이 아닌 것은 분명합니다. 그러나 그보다 더 중요한 게 무엇인지 파고드는 마음과 조금 더 잘 하고 싶어 하는 간절함. 그런 태도로 글을 바라보면 우리가 접하는 모든 게 조금 달리 보이지 않을까요. 절실함과 간절함이 있다면 그깟 스킬 정도야 저절로 따라올 거라고 믿어 봅니다.

편집장 M의 팩트 체크

Q) 글재주가 없어도 진짜 책을 낼 수 있을까요?

A) 아마도 글재주란, 다수의 출간 경험이나 유수의 수상작처럼 일종의 검증을 받은 작문 실력을 가리키는 말이 아닐까요. 화려한 이력으로 검증을 받은 글재주만이 출간의 당락을 가른다면, 그렇다면 우리는 더 이상 새로운 작가의 탄생을 지켜볼 수 없을 거예요. 누가 뭐라 해도 내겐 슈퍼스타인 나만의 작가도 없을 테고요. 앞서 초보 작가의 작품을 고르는 기준에 대해 언급한 바 있습니다. 특출난 실력 없이도 출간이 가능한가 묻는 당신에게 고유한 이야기와 그것을 끝까지 풀어낼 끈기가 있고, 그 속에 반짝이는 매력이 있다면 출간은 더 이상 멀기만 한 꿈이 아닙니다.

쉬어 가요 1.

글쓰기는 장비발-작가가 만든 글쓰기 툴

내돈내산 툴밍아웃, 내가 쓰는 글쓰기 툴

"근데 글은 뭘로 써? 엠에스 워드MS Word? 한글? 구글 독스Google Docs? 난 이런 게 진짜 궁금하더라."

선배 K가 커피를 홀짝거리며 묻습니다. 문득 생각해보니 저도 다른 작가들의 글쓰기 툴이 궁금합니다.

"오! 그러게요. 저도 딴사람들이 뭘 쓰는지 궁금해요. 형은 뭐 쓰는데요?"

"나? 난 그냥 엠에스 워드 쓰는데?"

"아…… 형, 쫌. 책 쓰겠다는 사람이. 이거 쇼미더머니에 지금 입은 회사원 차림으로 도전하는 느낌인데?"

"그럼 넌 뭐 쓰는데?"

선배 K가 발끈하며 묻습니다. 저는 또 그게 재미있어서 그를 놀리며 되받아칩니다.

"근데 형 괜찮겠어요? 말하면 형 바로 살 것 같은데. 이거 너무 강력해서 말이지. 충동구매 각?"

그가 눈을 크게 뜨고 역시나 대단한 관심을 보입니다. 그로 말할 것 같으면 취미를 갖기에 앞서 일단 장비발을 세워야 한다는 주의입니다. 새 차를 뽑았을 땐 기십만 원어치의 세차 도구를 박스로 구매해 저를 세차의 세계로 밀어 넣기도 했습니다(그들 사이에선 세차가 아니라 '디테일링'이라고 하죠). 아이패드 신모델이 등장하면 득달같이 달려가 써 보고 마침내 구매하고야 마는 테크광이자 쇼퍼 홀릭이기도 합니다. 그런 그에게 새로운 툴을 말하다니. 이미 절반은 낚은 거나 다름없네요.

"형. 운동 마니에에게 '언더아머'가 있고, 디자이너에게 '어도비'가 있고, 레저 마니아에게 '파타고니아'가 있다면 작가들에게는 바로 '스크리브너'가 있어요."

"스크리브너? 처음 듣는데?"

저는 글을 쓸 때 스크리브너라는 프로그램을 씁니다. 일전에 작가 김중혁이 팟빵에서 극찬하는 걸 들었는데요. 그때부터 관심을 가진 툴이죠. 우리나라에는 널리 알려지지 않았지만 글 쓰는 사람들 사이에서는 꽤 인지도 높은 애플리케이션입니다.

"게다가 이 프로그램은 실제 작가가 개발했다고 해요. 등반가가 자기가 쓸 장비를 개발하다가 만든 파타고니아랑 비슷하죠. 어때요, 이 갬성 스토리도 죽이지 않아요?"

"오 진짜? 작가가 만들었다니 의미가 남다르네. 이거 어디서 다운로드하는 거야? 앱스토어?"

선배 K가 사랑에 빠졌다는 듯 벌써 눈이 하트로 변해서 묻습니다. 스크리브너는 어도비 포토샵처럼 전문적 기능을 다양하게 갖췄습니다. 그 수많은 기능 가운데 제가 유난히 매력을 느꼈던 기능을 추려 소개합니다.

분할 화면

디폴트 화면 구성이 분할 화면입니다. 쉽게 말해 모니터를 삼등분하며 가장 왼쪽에는 책의 목차가, 가운데는 워드 프로세서 화면이, 가장 우측에는 사전에 구성해 둔 글감, 참고 자료 등을 띄워 놓을 수 있습니다.

"아, 근데 이거 그냥 창을 여러 개 띄우면 되는 거 아냐?"

"하나의 프로그램에서 원스톱으로 띄우는 거라 효율성이 확실히 좋아요!"

예컨대 왼쪽에는 전에 썼던 글을 띄워 놓고, 오른쪽 화면에서 새로운 글을 쓸 수 있습니다. 물론 이 삼등분 분할 구성은 필요에 따라 자유자재로 바꿀 수 있습니다. 개인적으로는 스크리브너에서 가장 맘에 드는 기능입니다.

스냅숏(타임머신 기능)

글을 쓰다 보면 방금 쓴 글을 고치고 싶긴 한데 과연 잘 수정될지 아리송할 때가 있습니다. 그럴 때 스크리브너에서는 현시점의 글을 스냅숏으로 저장하고 과감하게 고치면 됩니다. 수정한 결과물이 맘에 안 들면 스냅숏을 찍었던 시점으로 글을 한 방에 되돌릴 수 있죠.

"물론 수정해 가며 중간중간 스냅숏을 찍을 수 있어요. 그럼 화면 한쪽에 히스토리가 버전별로 기록돼요."

그 히스토리를 보며 어떤 시점으로든 되돌릴 수 있습니다. 워드에서 파일 단위로 버전 관리를 하면 되는 것 아니냐고 반문하는 분이 있을지 모르겠습니다. 그런데 스크리브너는 파일을 따로 저장하고 그걸 다시 열어서 비교하는 등의 번거로운 작업이 필요 없습니다. 그냥 클릭 한 번이면 해당 시점이 스냅숏처럼 저장되는 원리입니다.

비순차 편집

긴 글을 워드 프로세서에 써 나가다 보면, 어디에 무슨 내용을 썼는지 곧바로 확인하기 어렵습니다. 특히 100페이지가 넘어가는 글이라면 스크롤을 하다가 검지손가락 지문이 닳아 없어질지 모르겠습니다. 결정적으로 작가 본인조차 글의 구조를 한눈에 파악하기 어려울 테고요. 파일 내부에 링크를 만들어 목차와 비교해 가면서 쓸 수도 있습니다만 여전히 번거롭습니다.

그런데 스크리브너는 챕터별로 별도의 페이지를 구성해 글을 쓸 수 있습니다. 화면 좌측에 각 챕터들의 제목만 리스트 업 돼 있어 마치 각 장의 제목이 윈도우 폴더의 파일 탐색기 같은 역할을 합니다. 덕분에 책 전체의 순서와 구조, 계위 등을 쉽게 알 수 있습니다. 게다가 이 순서나 구조를 쉽게 바꿀 수 있습니다. 소제목을 클릭해서 드래그 앤드 드롭으로 2번 챕터와 3번 챕터의 순서를 바꿀 수 있지요.

"또 코르크 보기라는 게 있는데요. 한 화면에 각 챕터별 제목과 요약 내용이 뜨는 거예요. 이건 윈도우 썸네일 보기랑 비슷해요."

이렇게 보면 책 전체의 내용을 파악하기가 확실히 쉽습니다. 그리고 마치 영상 편집을 하듯 순서와 구조를 손쉽게 바꿀 수도 있습니다. 관련 내용을 묶기도 편합니다. 마치 포스트잇에 챕터별 제목을 써 놓고 자유롭게 구조를 바꾸고 관련 챕터들을 합치는 것처럼 말이죠.

"그래서 전 영상 편집처럼 '논 리니어Non-Linear', 그러니까 비순차 편집이 가능하다고 말해요. 영상 편집이 앞에서부터 순차적으로 편집해야만 하는 시대에서 블록을 바꿔 끼우듯 비순차적인 편집이 가능해진 것처럼요."

클라우드 기반 연동

"굳이 클라우드 연동까지 해 가며 글을 써야 되나?"

"형! 클라우드야말로 생산성을 높이는 필수 기능이죠!"

글쓰기 툴을 고를 때 제가 가장 필수적으로 생각하는 부분이 바로 클라우드 연동 기능입니다. 언제 어디서나 어떤 디바이스로나 작업이 가능하기 때문이죠. 제가 썼던 에버노트, 구글 독스 등도 모두 클라우드 기반의 프로그램입니다. 저처럼 이동할 때는 아이패드를 사용하고 집에서는 노트북을 사용하는 사람들에게는 특별히 더 유용한 듯합니다.

"게다가 파일이 사라질 염려도 없어요!"

저처럼 정기적으로 글을 쓰는 분들은 공감하실 만한 부분인데요. 어딜 가더라도 뭔가를 써야 한다는 압박감에 항상 컴퓨터를 챙긴다면, 클라우드 기반으로 글을 써야 한층 부담이 덜할 것입니다. 하다 못해 어제 노트북으로 쓴 글을 지하철 안에서 스마트폰으로 잠깐 살펴볼 수도 있고요.

작가의 마음을 아는 글쓰기 툴

"알겠으니까 이제 그만해. 사고 싶으니까! 어디서 살 수 있는지 알려 줘!"

앱 스토어 또는 스크리브너 홈페이지에서 구매할 수 있습니다. 가급적 홈페이지(www.literatureandlatte.com)에서 구매하는 것을 추천합니다. 새로운 버전이 나오면 무료로 업그레이드를 해 주기 때문입니다.

"아, 근데 형. 중요한 건 툴이 아니라 '글'이란 거 알죠? 작가가 글이 좋아야지 툴만 좋으면 뭐 해?"

좋은 글을 쓰기 위해 반드시 좋은 도구가 필요한 건 아닙니다. 다만 조금이라도 글쓰기를 재미있게 하기 위해, 그리고 내가 가진 시간과 노력이라는 자원을 최대한 효율적으로 활용하기 위해 적당한 툴은 필요합니다. 스크리브너는 좋은 파트너가 될 것입니다.

물론 사람에 따라 혹은 글의 형식과 글 쓰는 방식이 따라 본인에게 맞는 툴을 찾는 것이 가장 중요합니다. 그런 의미에서 오늘은 내게 맞는 글쓰기 툴이 무엇인지, 혹시나 놓치고 있는 툴은 없을지 한번쯤 생각해 보길 추천합니다.

2부.
제안서 씹어 먹기

1장. 출판사별 제안서 사례

넋 놓고 유튜브 광고를 본 적이 있나요?

지금까지 출판의 전 과정을 훑어보고 글쓰기에 대해 이야기했습니다. 열심히 써 온 글이 어느 정도 마무리되었다면 이제 글을 '팔러' 가야 할 때입니다. 드디어 1차 고객인 출판사에 내 글을 어필해야 합니다. 이는 '출판사를 통한 출판(기획 출판)' 단계에서 빠질 수 없는 중요한 과정이며, 내 글이 시장에서 평가받는 첫 번째 단계이기도 합니다.

"와, 네가 그렇게 말하니까 더 긴장된다!"

선배 K가 의자를 앞으로 당겨 앉습니다. 이 단계를 진행하려면 우선 어떤 내용을 제안해야 하는지 알아야 합니다. 제안할 땐 보통 파일 두 개를 출판사에 전달해야 합니다. 하나는 원고, 다른 하나는 제안서입니다.

'원고'는 지금까지 여러분이 써 온 글 전체 내용이 담긴 파일을 말합니다. 완성된 책 한 권 분량이 가장 좋고, 어렵다면 책 절반 정도의 분량도 좋습니다. 탄탄한 목차가 함께 있다면 더욱 좋고요. '제안서'는 말 그대로 출판사에 출간 제안을 하는 글입니다. 원고를 읽지 않고도 이 원고의 장점이 무엇이고, 어떤 의도로 쓰여졌으며, 전체 원고의 대략적인 구성은 어떻게 되어 있는지 알 수 있게 작성하면 좋습니다.

제안서는 출판사마다 요구하는 양식이 모두 다릅니다. 그렇지만 다음 페이지에서 소개해 드리는 다양한 출판사 양식을 하나하나 살펴보면 어느 정도 공통점을 발견할 수 있습니다. 물론 제안서 양식이 아예 없는 경우도 많습니다. 그냥 이메일 주소만 공개하는 출판사도 많고요. 자사 홈페이지에 별다른 양식 없이 파일을 업로드하도록 한 출판사들도 있습니다.

"그렇다고 해서 출판사에 원고만 띡 보내는 건, 5천 피스짜리 퍼즐 액자를 던져 주고 다 맞춰 보면 분명 기막히게 멋진 그림일 거라고 말하는 거랑 크게 다를 게 없어요. 그리고 제아무리 재밌는 글도 일 때문에 봐야 한다면, 알죠? 보기 싫고, 읽기 싫다는 사실!"

그래서 제안서의 역할이 진짜 중요합니다. 제안서를 통해 내 원고가 얼마나 매력적인지 아주 짧고 간결하게 어필해야 합니다. 마치 5초 만에 사람을 홀리는 유튜브 광고처럼 말입니다. 원래 보려고 했던 영상마저도 잊게 만드는 흡입력. 그래서 넋 놓고 광고를 계속 보게 만드는 바로 그런 흡입력이 제안서에 필요합니다. 이제부터는 각 출판사에서 공개하고 있는 실제 제안서 양식들을 보면서 좀 더 구체적으로 설명하겠습니다.

▼A 출판사의 출간 제안서 양식

○○○에 원고를 접수합니다

○○○는 언제나 좋은 저자를 모실 준비가 되어 있습니다.
훌륭한 원고, 참신한 기획 소재가 있으면 우선 ○○○와 의논해 주십시오.
정성을 다해 검토하고 출간이 결정되면,
한 권의 책으로 세상에 나올 수 있는 가장 좋은 방법과 길을 찾아드리겠습니다.
원고의 장점과 잠재력을 가장 잘 아는 출판사, 도서 차별화를 가장 잘하는 출판사,
○○○가 만들면 확실히 다릅니다.

1. **제목**(혹은 가제, 번역서일 경우 원제를 함께 기입해 주십시오.)

2. **저자**(이름과 간략한 소개, 이메일, 전화번호 등의 연락처를 남겨 주십시오.)

3. **어떤 분야의 책입니까?**

4. **집필**(혹은 번역) **동기는 무엇입니까?**

5. **원고의 내용을 요약해 주시기 바랍니다.**

6. **대상 독자는 누구이며, 그 이유는 무엇입니까?**

7. **이미 발행된 비슷한 내용**(혹은 같은 분야)**의 책**(유사 도서)**을 알고 계십니까?**

8. **이 원고**(책)**의 장점과 차별점은 무엇입니까?**(수상 여부등)

9. **선생님의 원고를 책으로 만들 때 반영하고 싶은 편집 및 홍보 아이디어를 자유롭게 적어 주십시오.**

10. **출간**(계약)**과 관련하여 그 밖에 하실 말씀이나 출판사에 요청하실 사항이 있습니까?**

11. **원고의 일부 또는 전부를 파일로 첨부해 주십시오.**

- 질문이 좀 까다롭고 복잡하다고 여기실지 모르겠습니다.
- 하지만 훌륭한 원고, 멋진 기획이라면 이 정도 궁리가 없는 것이 오히려 이상한 일이겠지요. 좋은 책은 좋은 원고에서 나옵니다!
- 감사합니다.

▼B 출판사의 출간 제안서 양식

원고 투고

작가 이름	
연락처	
이메일	
작가 소개	
시놉시스	
기획 의도	
출판사와 협의 사항	
원고 파일	- 일부 원고 또는 전체 원고 파일 - 기획안만 준비되었을 경우에는 10~20쪽 분량의 샘플 원고

▼C 출판사의 출간 제안서 양식

기획서

작성자		작성일	
휴대전화		이메일	
제목(가제)			
기획 의도			
콘셉트			
저자 소개			
대상 독자			
구성안 (목차)	*목차의 경우 부/장/절까지 정리해 주시고, 각 부/장/절에서 어떤 내용을 어떤 방식으로 다룰 것인지 개요를 적어 주십시오(필요 시 목차 전체 목록은 별도의 파일로 첨부해 주세요).*		
구성 요소 (내용)	*책의 본문에 들어가야 할 부가적인 구성 요소가 있다면 코너명과 성격을 정리해 주세요.*		
경쟁 도서			
예상 사양			
	페이지 수		예상 가격(원)
예상 판매 부수	*출간 후 6개월 예상 판매 부수를 입력해 주세요.*		
논의 사항/ 요구 사항			

책과 관련된 기술 동향	
마케팅 포인트	
출간할 도서의 시장 전망	

실제 출간 제안서

어떠신가요? 이름만 들으면 알 만한 대표적인 출판사 세 곳의 출간 제안서 양식입니다. 세 곳을 비교해 보니 조금 감이 오나요? 완전히 같은 질문도 있고, 약간씩 다른 질문도 있습니다. 질문을 보면 '질문자의 생각'을 알 수 있듯 제안서의 질문을 통해서도 출판사의 방향성이나 전반적인 분위기를 읽을 수 있습니다.

예컨대, B 출판사의 경우 최소한의 가이드만 주고 저자에게 자유로운 기술을 맡기고 있습니다. A는 '선생님'이라는 호칭까지 쓰며 저자에게 정중히 요청하고 있는 게 눈에 띄고요. C는 칸을 나눠 기술해 놓았습니다. A와 B 출판사보다는 좀 더 논리적인 분위기가 느껴집니다. C 출판사는 주로 경제/경영서를 출판하는 곳이라 그런 맥락이 반영된 것 같습니다. 또한 B는 종합서적, A는 가벼운 에세이나 여행서를 주력으로 하는 곳입니다. 차이가 느껴지나요?

"아, 이거 뭐가 너무 많은데? 안 그래? 게다가 원래 작가가 시장 조사까지 하는 거였어?"

선배 K가 제안서 양식을 보고 한숨 같은 탄식을 내뱉습니다. 언뜻 보면 당연한 질문인 것 같지만 대답하기 까다로운 질문들도 보이고요. 질문의 양도 너무 많은 것 같습니다. 그렇게 생각한 우리의 마음을 읽었는지 A 출판사는 제안서 말미에 자사의 의견을 미리 달아 두었습니다.

질문이 좀 까다롭고 복잡하다고 여기실지 모르겠습니다. 하지만 훌륭한 원고, 멋진 기획이라면 이 정도 궁리가 없는 것이 오히려 이상한 일이겠지요. 좋은 책은 좋은 원고에서 나옵니다!

"하하. 우리 대화 엿들은 거 아냐?"

"음. 그런 것 같네요. 크크."

책을 한 권 내기 위해서는, 아니 출판사로부터 투자를 받기 위해서는 저자로서 이 정도의 고민은 필요해 보입니다. 어쩌면 원고를 쓰기 전부터 위 항목들에 대한 고민은 계속되어야 할 것 같고요. 스스로 그런 질문에 대한 대답을 충분히 끌어내지 못했다면, 다른 사람을 설득하기 어려운 건 당연한 이치일 것입니다.

편집자의 하루를 상상해 본 적이 있나요

그리고 또 하나. 원고를 검토하는 출판사 입장에서 생각해 볼 필요가 있습니다. 어느 정도 규모가 있는 출판사의 경우 일주일 만에 수십 개의 원고가 들어온다고 합니다. 게다가 투고된 원고만 검토하는 출판사 직원은 없습니다. 편집자는 마감에 쫓기며 편집을 해야 하고, 편집 회의도 참석해야 하며, 함께 일하는 작가도 만나야 합니다. 또 새로운 저자 섭외를 위해 눈을 부릅뜨고 네트워크 관리도 해야 하며, 출판 트렌드를 알기 위해 시장 조사도 틈틈이 해야 합니다. 게다가 저같이 까다롭고 까칠한 진상 작가의 클레임도 들어 줘야 하고요.

이처럼 없는 시간을 쪼개서 혹시나 하는 마음으로 투고된 원고를 열어 보는 것입니다. 원고 하나당 12만 자, 열 개면 120만 자. 그걸 받아 보는 출판사 직원이 카리브해의 보물섬을 발견한 해적의 마음일지, 침대 밑 묵은 먼지 뭉치를 꺼내는 청소 도우미의 느낌일지는 잘 모르겠습니다. 그걸 결정하는 건 바로 온전히 원고의 질에 달려 있겠지요.

그래서 저는 출판사에서 모든 원고를 끝까지 읽을 거라는 기대는 애초에 하지 않습니다. 오히려 이것들을 일일이 보며 옥석을 가려 주길 바란다면 너무 큰 요행을 바라는 건 아닌가 싶고요. 두꺼운 원고를 볼지, 말지를 결정하는 건 바로 제안서에 달려 있습니다. 그래서 제안서는 예리한 낚시 바늘이 돼야 합니다. 영화 예고편이 돼야 하고, 마트의 맛보기 군만두가 돼야 합니다. 아무 생각 없이 입에 넣었다가 그 한입에 눈이 번쩍 뜨여 홀린 듯이 만두 한 봉지를 구매할 정도는 돼야 하지요.

"원고를 보기 전, 기획안만으로도 이미 계약을 할지 말지 느낌이 온다."

실제 경력 10년 차 편집자의 말입니다. 책을 좋아하는 분이라면, 혹은 글을 자주 접하는 분이라면 충분히 공감할 것 같습니다. 도입부의 전개가 자연스럽지 못하다면, 충분히 호기심을 자극하지 않는다면, 심지어 어법에 맞지 않는 말이 난무하다면 다음 챕터를 보고 싶은 마음이 싹 사라지는 경험을 해 봤을 테니까요.

정리 – 제안서가 묻는 것은?

몇몇 출판사의 제안서를 살펴봤습니다. 질문은 각각 다양한 형태로 나타났지만 묻고 있는 본질은 유사합니다.

이 책이 세상에 태어날 만한 가치가 있을까?
이 작가만이 할 수 있는 차별화된 이야기가 있을까?
이 책이 시장에서 먹힐까(투자금 회수 및 이익 실현이 가능할까)?

위의 질문들을 찬찬히 보면서 스스로 답을 고민해 봤으면 합니다. 다음 챕터에선 제가 '실제로 쓰고 출판사에 투고했던' 출간 제안서를 공개할 예정입니다. 사례를 통해 좀 더 확실한 감을 익힐 것이라고 확신합니다.

편집장 M의 팩트 체크

Q) 제안서는 다 읽나요?

A) 그럼요! 제안서는 모두 빠짐없이 읽습니다. 제안서 쓰기가 진짜 중요한 이유예요. 다만, 원고는 끝까지 읽지 않을 수도 있습니다. 그러나 도입부를 집중해 읽으면 함께 일할 수 있을지 없을지 확신이 서곤 합니다. 때문에 제안서를 꼼꼼히 쓰되, 원고는 50% 정도만 완성하고 대신 목차를 알차게 채워 출판사에 제안하는 것도 방법이 될 수 있습니다.

2장. 제가 쓴 제안서를 공개합니다

지난 시간엔 선배 K와 몇몇 출판사들의 제안서 양식을 펼쳐 놓고 한참을 이야기했습니다. 출판사마다 구체적인 질문 항목은 다르더라도 결국 좋은 원고를 찾고자 하는 마음은 비슷하다는 걸 알 수 있었습니다.

"이게 그러니까 꼭 입사 원서 같기도 하네. 같은 듯 다르고 다른 듯 같고 말이야."

출간 제안서에 어떤 걸 써야 할지 대략적인 흐름이 선배 K의 머릿속에 그려진 듯 보입니다. 이제 실제로 제가 출판사에 투고했던 제안서를 펼쳐 놓고 함께 이야기해 보려고 합니다. 우선 제가 썼던 여행 에세이 《러시아 여행자 클럽》의 사례를 살펴보겠습니다.

"오, 여행 에세이라니! 어쩐지 재밌을 것 같아. 내용도 술술 읽힐 것 같고."

선배 K가 눈을 반짝이며 얘기합니다. 이런 걸 보면 그는 회사원보다는 학자나 작가가 훨씬 더 어울리는데요. 아무튼 그의 책 쓰기를 응원하며 오늘도 제안서에 대한 얘기를 이어 가 보려고 합니다. 어떤 점을 차별화 포인트로 내세웠는지도 함께 보고요.

"형 그런데 제안서를 살펴보기 전에 왜 이 책을 쓰게 된 건지, 창작 배경을 알면 좋을 것 같아요."

그러고 나서 그 창작 배경을 실제 제안서에 어떻게 녹여 냈는

책쓰기

지 살펴보고자 합니다.

책을 쓰게 된 배경

이 책을 쓸 당시만 하더라도 여행 에세이라고 하면, 퇴사를 하고 훌쩍 떠나는 감성 에세이가 대부분이었습니다. 퇴사가 낭만처럼 포장되고 소비되는 시대인 건 분명해 보입니다. '퇴사'라는 검색어도 늘고 있는 게 보이고요. 그렇지만 저는 좀 비현실적이라고 생각했습니다.

"저는 회사를 그렇게 쿨하게 때려치우기보단, 불평하고 욕하다가 다음 날 꾸역꾸역 출근하고야 마는 미생이었거든요."

"아, 그거 내가 잘 알지. 나도 너무 눈치 보다가 광어처럼 눈이 돌아갈지도 모르겠어."

그가 맞장구를 치며 공감해 줍니다. 어쩌면 선배 K뿐만 아니라 대부분의 사람들이 저와 비슷한 삶을 반복하고 있지 않을까요. 여행은 퇴사하고 가는 게 아닌, 아끼고 아껴서 숨이 턱까지 차올랐을 때 살짝 코에 바람 좀 넣는 것. 그리고 다시 무자비한 일상으로 복귀하는 것. 그게 대부분의 사람들이 처한 현실이라고 생각했습니다.

"저는 바로 그 지점에서 시작했어요."

저와 비슷한 처지에 있는 사람들이 어렵사리 휴가 내고 가는 여행에 대해 이야기하고 싶었습니다. 거창한 세계 일주는 아닐지라도 야금야금 여행 가는 이야기, 직장을 베이스캠프 삼아 조금씩 세계를 돌아보는 그런 이야기 말이지요.

"저는 그런 설정이 오히려 차별성을 가질 수 있다고 봤어요."

평범함 속에 있는 저만의 이야기를 하려고 했습니다. 그래야 평범한 일상을 살고 있는 이들의 공감을 살 수 있을 테니까요. 대신 저의 첫 번째 여행 프로젝트이니만큼 좀 특이한 곳으로 가고 싶었습니다. 남들이 흔하게 가지 않는 곳으로요. 그럼 이런 배경을 기획 의도에 어떻게 녹였는지 함께 볼까요.

▼《러시아 여행자 클럽》 출간 제안서 중 기획 의도

이때가 아니면 안 될 것 같았다. 후회할 것 같아 사표 내고 떠난다. 모든 걸 뒤로한 채 배낭 하나 메고 훌쩍 떠난다. 이렇게 생활의 무게를 단숨에 이겨 내고 훌훌 떠나 버리는 호방한 여행서가 넘치는 요즘. "거참 비현실적이네"라고 소심하게 외쳐 보는 샐러리맨 5년 차다. 사표는 고사하고, 휴가도 눈치 보면서 내는. 나 같은 현실 속 생활인들이 갈 만한 휴가지를 정복해 보자. 그렇게 찔끔찔끔 가다 보면, 혹시 아나? 정년퇴직 전까지는 걸어서 지구 세 바퀴 반 정도 돌지? 가다 쉬다 가다 쉬다 하는 거북이 세계 여행을 콘셉트로 이야기를 엮어 보고 싶다. 내게 등껍질은 없지만 돈 모아서 여행 갈 수 있게 해 주는 회사는 있으니. 잠시 베이스캠프에 들른다는 생각으로 출근하면, 그 또한 기쁘지 아니한가. 그래서 골라 봤다. 흔해 빠진 곳이 아닌, 약간은 베일에 싸여 있는 곳. 관광객들로 숨도 못 쉬는 곳이 아닌, 한 발짝 떨어진 비밀스러운 곳. 그러면서도 예쁘고, 맛있고, 문화적으로도 반짝이는 가치를 숨겨 둔 곳. 무엇보다 여름휴가 내고 잠깐 다녀올 수 있는 바로 그곳. 그 첫 번째 이야기. 바로 러시아를 소개한다.

"어떤 것 같아요? 공감이 좀 되나요?"

선배 K가 또 눈알을 굴리며 몇 번이나 읽습니다. 파일로 준다고 하는데도 굳이 이렇게 씹어 먹을 듯이 읽고 있는 그를 보고 있자면 그를 가르쳤던 수많은 선생님들은 뿌듯했거나 무서워했거나 둘 중 하나였을 것 같습니다. 저는 후자 쪽이라 자리를 피하고 싶은데 그가 종이에 밑줄까지 치며 묻습니다.

"그래서 포인트는, 공감?"

"그렇죠! 게다가 기획 의도는 제안서에 빠지지 않고 등장하는 단골 메뉴예요."

따라서 별다른 양식을 요구하지 않는 출판사에 제안한다 할지라도 기획 의도 만큼은 꼭 쓰는 걸 추천합니다. 그리고 기획 의도를 통해 내가 이 책을 쓰는 의도가 무엇인지, 궁극적으로 '세상에 말하고 싶은 게 무엇인지' 스스로 생각해 보았으면 합니다. 여기서 중요한 점은 그 의도가 출판사 입장에서 충분히 매력적이어야 한다는 점입니다. 첫 문장만 읽고도 "오, 이것 봐라?"라는 반응이 나올 수 있어야 하는 것이지요.

지금부터는 제가 기획 의도를 쓸 때 주안점을 둔 부분에 대해 얘기해 보고자 합니다.

평범한 사람들의 공감

기획 의도 서두에는 요즘 SNS에서 흔하게 유행하는 여행 코드를 담았습니다. '이때가 아니면 안 될 것 같았다. 후회할 것 같아

사표 내고 떠난다' 등의 말을 통해서 말입니다.

"그런데 형, 저는 그런 감성을 좀 비틀고 싶었어요. 찬물을 확 끼얹고 싶었달까요."

왜냐하면 저는 절대로 그렇게 낭만만 좇으며 살 수 없으니까요. 그런 말을 들으면 동경심이 일면서 동시에 거부감도 생기는 이중적 감정이 들었습니다.

"그래서 바로 다음 문장에서 '거참 비현실적이네'라고 표현한 거예요."

글이라고 하는 게 언제나 현실만을 반영해야 하는 건 아닙니다. 그런데 '여행' 분야에서 주류처럼 흐르고 있는 감성들을 무너뜨리고 나만의 '현실' 여행에 대해 이야기해 보자는 게 제 전략이었습니다.

"바로 그 점이 차별성을 가질 수 있었다고 봐요!"

제 글을 읽은 누군가가 '그래, 그렇게 다 버리고 훌쩍 떠나는 건 비현실적이지'라고 공감했다면, 제 의도는 어느 정도 성공한 것이라고 생각했습니다.

한 문장 한 문장이 광고 카피가 되어야

"다음으로 제가 제안서를 쓸 때 주안점을 둔 것은 '문장 그 자체'예요."

저는 출판사에 보내는 모든 문장 하나하나를 광고 카피처럼 쓰려고 애썼습니다. 이는 제안서뿐만 아니라 이메일 제목, 본문 내용까지 모두 마찬가지였고요.

"제안서에 쓰는 문장 하나하나에도 혼을 담으라는 말 정도로 이해하면 되려나?"

단어 하나도 제대로 고르려고 했고, 참신한 표현으로 문장을 채워 제안서를 써 내려갔습니다. 책을 보다가 '아, 이 문장 맘에 들어'라고 생각하며 책장을 접을 때의 마음. 그 마음을 계속 떠올리며 쓴 것입니다.

"공감되는 말이다. 그래서 네 책이 무려 TV 광고로 만들어진 건가? 크하하."

선배 K가 꺼낸 말에 부연 설명을 하자면, 제가 쓴 첫 번째 여행 책《러시아, 또 다른 유럽을 만나다》*는 대한항공의 광고로 제작되었습니다. 말도 안 되는 행운 같은 일이었죠.《러시아 여행자 클럽》**이라는 슬로건을 걸고 무려 14편의 TV 광고로 만들었는데요. 제가 광고에 직접 출연하는 신비로운 경험을 하기도 했습니다. 제 책이 가져다 준 놀랍고도 마법 같은 일이었습니다. 제가 이 얘기만 나오면 꼭 민망해하는 걸 안 그가 놓치지 않고 농담을 걸어온 것입니다.

"아무튼 그래요! 그래서 그 광고에, 제가 책에 쓴 문장들이 실제 카피로 등장한 거죠."

---

* 《러시아, 또 다른 유럽을 만나다》, 서양수·정준오 공저, 미래의창, 2014.

** 《러시아 여행자 클럽: 매혹의 러시아로 떠난 네 남자의 트래블로그》, 서양수·정준오 공저, 미래의창, 2015.

그리고 그 문장들 중에는 제가 출간 제안서에 썼던 문장들도 상당수 포함됩니다. 바로 아래와 같은 문장이 대표적인 사례입니다.

▼ 제안서 내용 중, 대한항공 광고 카피로 인용된 부분

흔해 빠진 곳이 아닌, 약간은 베일에 싸여 있는 곳. 관광객들로 숨도 못 쉬는 곳이 아닌, 한 발짝 떨어진 비밀스러운 곳. 그러면서도 예쁘고, 맛있고, 문화적으로도 반짝이는 가치를 숨겨 둔 곳.

"오 기억난다, 나! 그래 저 문장들이 바로 출간 제안서에 들어갔던 문장이란 말이지?"

"출간 제안서에도 쓰고, 제 책 프롤로그에도 그대로 썼던 문장이에요. 당시 광고 대행사 크리에이티브 디렉터Creative Director도 극찬한 카피였던 거 알죠? 하하."

선배 K는 제가 설명한 것 이상을 이해하는 똘똘이 스머프 같은 사람입니다. 스펀지가 물을 흡수하듯 그가 쑥쑥 감을 잡아 가는 것이 느껴집니다.

정리

이번 챕터에서 제가 쓴 여행 에세이의 제안서 중 기획 의도를 살펴봤습니다. 결론적으로 제가 주안점을 둔 것 두 가지는 다음과 같습니다.

평범한 사람들의 공감

유혹하는 문장

이 두 가지를 기억하며 본인만의 제안서 초안을 잡아 보기 바랍니다. 물론 하루아침에 걸작을 써낼 수는 없습니다. 특히나 첫 번째 출판을 야심 차게 노리는 예비 작가들은 더더욱 그렇고요. 그렇지만 우리가 제안서를 써 나갈 때 하나의 원칙을 정하면 훨씬 수월해질 것입니다. 다음 편에서는 또 다른 제안서 사례를 통해 기획 의도와 타깃 독자 쓰기에 대해 이야기해 보려고 합니다.

3장. 기획 의도 다시 쓰기

다음으로 제가 가장 최근에 쓴 책인《단지 결혼을 하고 싶은 건데 이게 다 무슨 일이래요》의 사례를 살펴보겠습니다. 이번에도 제안서를 보기 전에, 책을 쓰기 시작한 배경부터 이야기하려고 합니다. 생각의 불씨를 당긴 세 가지 현상이라고 할까요.

책을 쓰게 된 배경

"첫 번째는 전반적으로 감소 중인 우리나라의 혼인율이 소득에 따라 차이를 보인다는 점이었어요."

제가 주목한 것은 소득이 낮을수록 혼인율 또한 더욱 낮다는 점이었습니다. 사람들의 라이프 스타일이 다양해지는 데에 따른 혼인율 감소 이외에도, 다른 요인이 있다는 걸 알게 됐습니다. 본인 의지에 따라 결혼을 '안 하는' 경우도 있지만 상황에 떠밀려 '못 하는' 경우도 있었죠.

"둘째로, 제 또래 친구들 최고의 화두는 역시나! 여전히! 아직도! 연애와 결혼이라는 점이에요."

친구들과 커피를 마시거나 밥을 먹을 때, 술자리에서도 빠지지 않는 단골 고민거리이자 최대 관심사는 연애와 결혼이었습니다. 물론 결혼을 반드시 해야 한다는 생각은 확실히 빠르게 변화하고 있었습니다. 그러나 그와 별개로 피 끓는 청춘들에게 사랑과 연애 얘기는 여전히, 그리고 확실하게 빼놓을 수 없는 화두라는 걸 다시금 확인했습니다.

"그리고 셋째가 흥미로운데요. 그토록 바라던 결혼을 준비하면서 괴로워하는 이들도 꽤 있었죠."

본질에서 멀어진 겉치레식 문화 때문입니다. 게다가 세대 간의 인식 차이까지 겹쳐지며 혼란과 상처의 기운은 모락모락 피어납니다. 결혼식 당사자들을 정작 결혼으로부터 소외시키는 일들도 많았습니다. 저는 이 불편한 주제를 끄집어내고 싶었습니다. 그리고 더 많은 이들과 얘기하고 싶었습니다. 그렇게 결혼을 주제로 글을 쓴 것입니다.

그렇게 제안서는 탄생합니다

제가 흥미롭게 본 위 세 가지 현상에 대해 어떤 분은 공감할 테고, 또 어떤 분은 다른 생각을 갖고 있을 것입니다. 하지만 저는 사랑과 결혼이라는 주제에 대해 누구나 한참이나 얘기할 수 있는 것을 보며, 책으로 낼 경우 충분히 승산이 있다고 생각했습니다.

물론 제가 결혼을 준비하며 겪었던 여러 가지 사건들이 이야기의 큰 뼈대를 이룹니다. 제 글에 동시대 젊은이들이 공감할 수 있길 바랐고요. 그런 생각을 토대로 탄생한 제안서는 어떤 모습일지 함께 보겠습니다.

▼《단지 결혼을 하고 싶은 건데 이게 다 무슨 일이래요》 출간 제안서 중 기획 의도

삼포 시대를 넘어 'N포 시대'라고 합니다. 그중 빼놓을 수 없는 게 바로 연애와 결혼 포기이고요. 결혼 준비를 해 보니 그 까닭을 조금은 알 것도 같습니다. 세대 간의 인식 차, 관습이란 이름의 폭력, 경제적 쪼들림까지!

하지만 야근쟁이 예비부부인 저와 여자 친구는 이렇게 팍팍한 현실을 정면 돌파해 보기로 했습니다. 우리가 할 수 있는 건 셀프로 해 보자고 외치며. 게다가 경제적 자립까지 선포하며 말이죠. 그렇게 결혼을 준비하다 보니 하나씩 만들어 가는 재미가 있습니다. 분명 이 순서는 아닌 것 같은데, 깔깔 웃다 보니 어느새 결혼식이 목전입니다. 저희의 무모한 도전은 과연 성공할 수 있을까요. 지금부터 그 이야기를 해 보려 합니다.

"어때요, 형?"

그가 눈을 끔뻑이면서 몇 번이나 읽습니다.

"요점만 잘 뽑아낸 듯하면서도 관심 가게 잘 풀었네."

긍정적 반응에 일단 안심했습니다. 지금부터는 제가 기획 의도를 쓸 때 주안점을 둔 부분에 대해 얘기해 보고자 합니다.

시대적 공감이 있나?

"저는 기획 의도를 구성할 때 'N포 시대'라는 화두를 키워드로

던지고 시작했어요."

이는 제 나이 또래 친구들, 직장 동료들, 선배와 후배들이 실제로 치열하게 고민하던 모습을 봤고 저 또한 그 고민에서 예외가 아니었기에 할 수 있는 말이었습니다.

"그리고 저는 그들의 고민 아래에 깔려 있는 분노를 봤어요."

"응? 분노까지?"

'이건 원래 다 이렇게 하는 거야'라며 근본도 모르는 관습을 강요받는 상황, 단지 체면치레를 위해 무리하게 지출해야 하는 비용, 엄한 데서 집안 자존심을 찾는 모습, 저는 이런 것들이 폭력적이라고 생각했습니다.

"나중에 알았는데 제 책을 편집한 편집자님도 당시에 결혼 준비 중이었다고 하더라고요."

"오, 그 덕분에 출간된 거 아냐?"

"이게, 관련이 아주 없다고는 말 못 하겠네. 하하."

어쨌든 그렇게 제 제안서를 처음 발견한 편집자는 편집 회의 때 격한 공감 발언을 하기도 했답니다. 아마도 결혼을 한 번이라도 생각했던 사람이라면 누구나 공감할 수 있는 얘기를 기획 의도에 녹인 게 주효했던 것 같습니다.

다음 이야기는 뭐?

"형, 잘 보면 느낌이 오겠지만 기획 의도를 묻는다고 해서 드라이하게 기획 의도만 딱 잘라 쓸 필요는 없다고 봐요."

"그게 무슨 말이야?"

"예를 들어, 기획 의도라는 질문에 이렇게 답할 수 있죠. '내 결혼 이야기를 통해 한국의 결혼 문화를 함께 고민해 보고자 한다' 이렇게 쓰면 질문에 충실한 답이긴 해요. 근데 뭔가 밋밋하지 않나요?"

"응. 그러네. 뭔가 좀 아쉬워."

저는 기획 의도를 통해서도 '그래서 이어지는 이야기가 어떻게 될까'라는 궁금증이 생겨야 한다고 생각했습니다. 그래서 기획 의도에 책 내용을 '살짝 흘리는' 전략을 썼습니다. 최대한 궁금해지도록 말이지요. 예컨대, "하지만 야근쟁이 예비부부인 저와 여자친구는 이렇게 팍팍한 현실을 정면 돌파해 보기로 했습니다." 등의 문장을 넣으며, 현실의 제약을 어떻게 치고 나갔는지 슬쩍 단서를 집어넣었습니다. 그리고 "이 순서는 분명 아닌 것 같은데" 등의 문장을 통해, 그 과정이 그렇게 노련하지도 세련되지도 않은 약간은 어설픈 실제 이야기라는 점을 드러냈습니다. 기획 의도 마지막 부분에는 다음과 같은 문장을 의도적으로 넣기도 했습니다. "저희의 무모한 도전은 과연 성공할 수 있을까요. 지금부터 그 이야기를 해 보려 합니다."는 다음 이야기가 어떻게 될지 궁금증을 유발하는 일종의 장치였던 것입니다.

대상 독자

"형, 지금까지 기획 의도를 봤는데요. 이번엔 같은 책 제안서의 '대상 독자'를 살펴볼게요."

"안 그래도 이 항목에서 꼭 물어보고 싶은 게 있었어!"

"뭔데요?"

"대상 독자라니, 뭔가 뻔한 답만 떠오른단 말이지. '30대 여성', '여행을 준비하는 사람' 이렇게 쓸 수는 없잖아?"

"그렇게 쓰는 사람도 있겠죠. 그렇지만 우린 문장 하나로 편집자의 마음을 훔쳐야 하는 초보 작가라는 걸 기억해야죠."

일단 대상 독자라는 문항에는 선배 K의 질문처럼 뻔한 답변이 떠오릅니다. 그렇다고 뻔한 답을 썼다간 우리 글은 세상의 빛도 못 본 채 다시 컴퓨터 속 파일명으로만 존재할지 모릅니다. 결국, 뻔한 질문에 뻔하지 않은 답변을 하는 게 관건일 것 같은데요. 실제로 저는 어떻게 풀어 갔는지 살펴보겠습니다.

▼《단지 결혼을 하고 싶은 건데 이게 다 무슨 일이래요》 출간 제안서 중 '대상 독자' 부분

· 이제 막 결혼을 준비하려는 호기심 가득한 예비부부
· 굳이 결혼을 왜 해야 하는지 잘 모르겠는 현실 커플
· 결혼은 하고 싶지만 현실 앞에 좌절하고 있는 이들
· 그리고 혼자서도 충분히 행복할 수 있는 당당한 비혼자들

이 모든 이들에게 결혼이라는 화두를 던져 보고 싶었습니다. 어떤 길을

가고 있든 피 끓는 청춘들에겐 여전히 연애와 결혼이 뜨거운 관심사임에 틀림없기 때문입니다. 하지만 참으로 안타까운 건 제 동년배 사람들의 혼인율이 낮아지고 있다는 것입니다. 결혼을 하든 안 하든 개인의 자유이지만, 저 또한 결혼이 필수라고 생각하지 않지만. 그것이 본인의 결정이 아니라 환경에 떠밀려서 어쩔 수 없이 결정을 강요당한 것이라면 이야기가 달라지는 듯합니다. 제가 보기엔 바로 그 강요의 흔적이 여기저기서 나타나기도 했고요. 도대체 어디서부터 잘못된 것일까요? 제가 그 답을 드릴 수는 없지만 함께 고민해 보고 싶었습니다.

어떤가요. 뻔한 질문에 조금은 안 뻔한 답이 되었다고 생각하시나요? 실은 저게도 어려운 부분입니다. 그러나 출판하는 글은 어디까지나 판매를 전제로 한다는 사실을 기억해야 합니다. 따라서 뻔한 질문이라 할지라도 판매자의 입장에서, 시장을 바라보는 눈으로 답변할 필요가 있습니다. 그럼 제가 어디에 주안점을 두고 대상 독자 항목을 풀어 갔는지 하나씩 살펴보겠습니다.

열렬한 독자군은 어디에?

"형, 저는 이 책이 '결혼을 준비하는 사람'만을 위한 책은 아니라고 생각했어요."

많은 이들이 비혼을 선택하고, 다양한 라이프 스타일이 펼쳐지는 이때에 결혼을 말한다는 건 다소 고루하게 들릴지도 모릅니다. 하지만 그 다양성만큼 '오늘날의 결혼'에 대해 고민하는 이들도 더욱 많을 거라고 생각했습니다. 저는 이렇게 다양하게 펼쳐지는 라이프 스타일 속에서 제 또래의 사람들이 사랑과 연애와 결혼과 제도에 대해 고민하고 있다는 걸 느꼈고요.

"그러니까 답이 하나일 때는 오히려 고민이 적을 수 있잖아요. 근데 답이 막 여러 갈래로 펼쳐지는 시대가 된 거예요. 그럼 고민도 더 치열해지지 않겠어요? 그렇게 다양한 라이프 스타일 속에서 나는 어떤 길을 택할 것인가 고민하는 제 또래 친구들을 모두 타깃으로 삼고 싶었어요."

"그래. 그렇게 하면 훨씬 더 타깃이 넓어지겠네. 네가 생각한 문제점에 대해서도 함께 얘기할 수 있는 사람들이고."

맞습니다. 그렇기에 위의 책은 결혼 준비서가 아닌, 결혼이라는 제도에 대해 독자와 함께 고민하는 글이라는 게 제 주장입니다.

답변보다 중요한 건 그렇게 생각한 이유

대상 독자에 대해 쓸 때 주의해야 할 점에 대해 계속 이어 가 보겠습니다.

"형 저는 질문에 답하는 것보다 더 중요한 게, 그렇게 답을 한 이유라고 봐요."

"응. 일리 있는 말이네."

"그런 면에서 물어보는 질문에 단답형으로 대답하는 건 별로 같아요. 아니 단답형으로 대답할 수 있지만 그게 전부이면 안

되는 것이죠."

"그 뒤에 절절하고 공감되는 이유가 있어야 된다는 거지?"

바로 그게 제가 생각하는 대상 독자 쓰기의 핵심입니다. 위의 책을 예로 들어 본다면, 그냥 '결혼을 준비하는 성인 남녀' 정도로 대상 독자를 쓸 수 있습니다. 그러나 그렇게 답하고 끝내기엔 뭔가 아쉽습니다. 왜 그런 대상 독자를 생각했는지 설명해야 합니다. 그렇게 제 제안서를 읽는 첫 번째 독자, 바로 편집자가 고개를 끄덕이며 수긍할 수 있게 만드는 게 핵심입니다.

"그런데 이게 단순히 대상 독자 항목에만 적용되는 건 아닌 것 같아. 제안서 모든 항목에 골고루 적용해야 하지 않나?"

"오, 역시! 맞아요 형. 이제 제안서만 쓰면 되겠네요. 하하."

정리

지금까지 제가 실제로 출판사에 제출했던 출간 제안서의 일부를 뜯어봤습니다. 어떠셨나요? 비록 기획 의도와 대상 독자에 대해서만 살펴봤지만 실제 사례를 통해 제가 하고 싶은 말들이 어느 정도는 전달되었으리라 봅니다.

요약해 보자면 기획 의도와 대상 독자에 대해 쓸 때 제가 주안점을 두고자 했던 것은 다음과 같습니다.

시대적 공감 위에 쓰기

다음 이야기가 궁금해지게 쓰기

열렬한 독자군으로 확장하기

답변보다 더 중요한, 그렇게 생각한 이유 쓰기

다음 편에서는 제안서 항목 중 '작가 소개'는 어떻게 쓸 것인지 알아보겠습니다. 다른 사람에게 나를 소개한다는 건 언제나 어렵고도 쑥스러운 일인데요. 그 일을 좀 더 수월하게 할 수 있는 방법을 소개하고자 합니다. 제가 쓴 제안서뿐만 아니라 여러 작가들이 스스로를 어떻게 소개했는지 다양한 사례를 살펴보겠습니다.

4장. 작가 소개 이렇게 써 볼까

"다음으로 작가 소개 항목에 제가 실제로 썼던 부분을 볼게요."

'작가 소개'는 제안서에서 빠지지 않고 등장하는 단골 메뉴입니다. 사실 그런 항목이 없더라도 나를 처음 접하는 타인에게 스스로를 소개하는 것은 기본적이고 필수적인 사항입니다. 그리고 여기서 무엇보다 중요한 것 하나! 타인은 '글'이라는 수단으로 나를 처음 접하게 된다는 점입니다.

내가 얼마나 재기 발랄한지, 주량은 어느 정도인지, 막 잘생기진 않았지만 은근히 빠져드는 마성 같은 매력이 있는지 직접 보여 줄 수는 없습니다. 그 모든 걸 오롯이 글로 표현해야 하는 것입니다. 아무리 재치 있고 유머 감각이 뛰어나다 할지라도 글이 밋밋하고 노잼이라면 그냥 밋밋하고 노잼인 사람인 것이지요.

"그러니까 글을 읽는 사람이 무언가를 느끼게 해 줘야 한다? 그 말이지?"

맞습니다. 글이라는 도구로 책을 엮기로 했다면 그 도구를 최대한 활용해 나를 표현해야 합니다. 나의 강점을 부각할 수 있는 사항은 무엇이든 가져와 표현할 수 있어야 합니다. 그러나 여기서 주의해야 할 점은 단순히 나의 이력이나 스펙을 강조하는 게 아니라는 것입니다. 내가 책으로 쓰려는 주제와 관련이 있는 경험이나 업적은 차치하더라도, 책과 전혀 상관없는 성취나 경력은 크게 도움이 되지 않습니다. 문제는 딱히 책과 관련

된 분야에서 내세울 만한 스펙이 없을 때입니다. 데뷔작을 준비하는 예비 작가였던 저 또한 내세울 만한 게 별로 없었습니다. 특히나 여행 책을 쓰고 싶던 저는 특별히 여행 관련 경력이 있던 것도 아니고 여행 전문가는 더더욱 아니었습니다.

"말해 뭐해요 형. 난 하다못해 남들 다 가는 배낭여행도 못 가봤잖아요."

"그러게. 유일한 강점이라면 평범함이겠네. 하하."

이제부터는 제가 어떻게 그런 상황을 포장해 나갔는지. 그리고 어떻게 출판사의 마음을 움직여 나갔는지, 제안서를 살펴보며 설명하겠습니다. 이 글을 쓰며 몇 년 전 제가 썼던 작가 소개를 읽고 있으려니 오래된 일기를 꺼내 보는 것처럼 부끄러워지네요. 제 치부를 드러내는 것처럼 얼굴이 화끈거리기도 하고요.

"그래도! 어설픈 기록이지만 분명 도움이 될 거라고 믿고! 용기 내서 공개하는 거예요. 알죠? 맘 바뀌기 전에 빨리 봐요."

먼저 제 인생의 첫 번째 책. 모든 게 어설프지만 저를 작가로 만들어 준 책. 그 책을 출판하기 전 출판사에 돌렸던 제안서 중 작가 소개 부문만 잘라 왔습니다.

▼《러시아, 또 다른 유럽을 만나다》의 출간 제안서 중 작가 소개 일부

졸업 후에는 예능 PD가 되어 온 세상을 웃음의 도가니로 만들겠다는 호연지기를 품었으나, 지금은 회사에서 팀원들이라도 웃겨 보려고 쩔쩔매는 생활인으로 살고 있다. 지향하는 삶은 자유 창작을 하는 예술인. 그러나 지나치게 규격화된 삶을 살면서 뭐든 성실해야 한다는 강박에 시달리는, 존재

자체가 형용모순 같은 괴로운 사람이다. 일기 쓰는 걸 좋아하지만 그보다 가계부 쓰는 걸 더 좋아하는 섬세한 사람이기도 하다.

대학생 때 배낭여행 못 해 본 것에 한이 맺혀, 직장에 와서는 휴가 때마다 유사 배낭여행을 즐기고 있다. 휴가는 직장인의 아편이라고 믿으며, 그렇게 뽕쟁이처럼 이탈리아, 프랑스, 스페인, 미국, 중국, 동남아까지 두루 훑었다. 앞으로의 직장 생활 중에도 아편 같은 여행은 끊지 않을 작정이다. 그렇게 길에서 놀라고 생각하고 깔깔거리며 이 책의 2편, 3편, 4편을 이어가고 싶다.

"어때요? 어떤 사람인지 좀 느낌이 와요?"

저는 위 작가 소개를 쓰면서, 평범하지만 유쾌한 사람으로 스스로를 그리고 싶었습니다. 에너지가 넘치며 호기심이 많은 사람이지만 회사 눈치를 보며 생활인으로 살고 있는 모습을 내세우고 싶었습니다. 그럼 이제부터는 제가 작가 소개를 쓸 때 중점을 둔 부분을 전하겠습니다.

내가 생각하는 페르소나는?

"응. 그러게. 읽어 보니까 어떤 사람인지 조금 느껴져. 내가 아는 네 모습이 다 들어가 있는 건 아닌데. 그렇다고 또 네 모습이 아니라고 할 수는 없고…… 그러니까 결국은 특징을 잘 잡아서 쏙쏙 뽑은 느낌이랄까?"

선배 K가 요점을 잘 짚어 낸 듯합니다. 우리는 다양한 모습을 가지고 살아갑니다. 회사원으로서의 나, 누군가의 친구 혹은 후

배로서의 나, 거만한 나, 겸손한 나, 비루한 나 등. 여러 모습이 있습니다. 종종 그런 모습들은 서로 전혀 다른 특징을 나타내기도 합니다. 경우에 따라서는 아침의 내 모습과 점심의 내 모습이 다르기도 합니다. 그 두 모습이 서로 충돌하기도 하고요.

결국 자기소개 속 내 모습은 나의 전체 모습이라기보다는 일부의 모습일 수 있을 것입니다. 여기서 중요한 점은 작가 소개 내용이 그 사람의 전부냐 일부냐가 아니라, 나 스스로를 어떤 사람으로 포지셔닝하느냐입니다. 바로 그것을 스스로 결정해야 하는 것이고요.

"그래서 결국은, 형의 여러 가지 모습 중에 제일 날카롭게 만들 부분이 어디인지 찾으면 좋을 것 같아요. 스스로의 페르소나를 정해 본다, 이렇게 생각하는 거죠."

만약 여행 책을 쓴다면, 여행을 좋아하는 내 모습 중에 어떤 모습이 있는지 사례들을 찾아가며 확장하는 것입니다. 휴가를 손꼽아 기다리는 나, 마그네틱으로 냉장고 문짝을 도배하는 나, 벽에 세계 지도를 붙였다가 벽지를 찢어 먹는 나, 여행책을 산더미처럼 사 모으며 잘 안 읽는 나, 남들 배낭여행 가는 걸 부러워하는 나, 휴가를 일주일 넘게 내려고 눈치 보는 나, 술만 마시면 여행 다녀온 썰을 푸는 나. 생각해 보면 참 많은 모습이 있네요.

"이런 내 모습의 조각들을 끄집어내서 조합하는 과정을 이어가 보는 것이죠."

이 과정은 없는 사실을 꾸며 내는 것과는 완전히 다른 이야기입니다. 오히려 내 모습 중 일부를 깊숙이 파고 들어가는 것입니다. 그리고 그 과정에서 내 모습의 다양한 조각들을 붙여 가며, 하나의 일관성 있는 인물을 만들어 내는 것입니다.

"무슨 말인지 대략 알 것 같아. 그러니까 자기소개를 쓰기 전에 가장 먼저 해야 할 일은 내가 어떤 사람이 되고 싶은지 생각해 보는 거겠다."

"그렇겠죠?"

"음…… 이거 고민이 좀 많아지는데."

"왜요. 형 지금 있는 그대로의 모습도 충분히 매력적이에요. 책 제목으로는 '세상 평범한 김 차장의 여행' 어때요? 농담이에요. 크크크."

내 취향으로 나를 설명한다면

페르소나에 맞춰 내 모습의 일부를 하나씩 쌓아 올리다 보면 약간 자괴감이 들 때가 있습니다. 내가 겪은 경험이 풍부하다면, 혹은 업적이 눈부시다면, 아니면 스펙이라도 화려하다면, 에피소드가 다채롭다면 고민 없이 가지를 쭉쭉 뻗어 나가겠는데. 비루한 경험과 일천한 업적과 밋밋한 에피소드만이 내가 가진 전부처럼 보이기 때문입니다.

이렇듯 내 경험만으로는 더 이상 확장이 안 될 때. 이럴 땐 정말 텅 빈 이력서의 공란을 보는 것처럼 먹먹한 기분이 듭니다. 그렇지만 이런 상황에서 사용할 수 있는 전략이 있습니다. 바로 취향을 통해 나를 설명하는 방식입니다.

"취향을 통해서 나를 드러낸다고?"

그렇습니다. 내가 가진 것, 내가 이룬 업적을 통해 나를 설명하는 것이 아닌. 내가 좋아하는 것, 내가 싫어하는 것, 내가 추구하는 것, 내가 꿈꾸는 것 등을 통해 내가 어떤 사람인지 드러내는 방법입니다. 아무것도 가진 게 없던 제가 할 수 있는 거의 유일한 전략이었네요.

"예를 들면?"

예컨대, '창의적인 일을 좋아하는 나', '그렇지만 안정적으로 따박따박 들어오는 월급을 좋아하는 나', '모험과 신비를 좋아하는 나', '그렇지만 깨끗한 여행지를 좋아하는 나', '예술을 좋아하는 나', '느끼한 건 싫어하지만 까르보나라는 좋아하는 나' 등. 이런 선호와 비선호, 취향을 통해 내 모습을 조각해 나갈 수 있습니다.

"좀 더 간접적이고 은유적이고 문학적이지 않나요? 형이 에세이를 쓸 생각이라면 이 방법도 꼭 고려해 보세요."

이미 눈치채신 분도 있겠지만, 제가 위에서 공개한《러시아, 또 다른 유럽을 만나다》의 사례에서도 아래와 같이 취향을 드러냈습니다.

▼《러시아, 또 다른 유럽을 만나다》 출간 제안서 중 작가 소개 일부

지향하는 삶은 자유 창작을 하는 예술인. 그러나 지나치게 규격화된 삶을 살면서 뭐든 성실해야 한다는 모범생 강박에 시달리는, 존재 자체가 형용모순 같은 괴로운 사람이다. 일기 쓰는 걸 좋아하지만 그보다 가계부 쓰는

걸 더 좋아하는 섬세한 사람이기도 하다. (중략)

다음으로 제가 쓴 《세상의 서쪽 끝, 포르투갈》*의 자기소개 부분을 인용해 보겠습니다. 제가 취향을 통해 어떻게 저를 소개했는지 눈을 크게 뜨고 찾아보면 좋을 것 같습니다.

▼《세상의 서쪽 끝, 포르투갈》 프롤로그 중 작가 소개 일부

배낭을 메고 오대양 육대주를 누빈 여행가라고 나를 소개할 수 있었으면 좋겠다. 하지만 현실은 낙타처럼 단조로운 삶을 살고 있는 생계형 직장인. 휴가 한 번 내려고 눈칫밥에 밥 비벼 먹다가, "아! 쟤는 좀 쉬어야 돼!"라는 말이 팀장님 목에서 나올 때까지 열심히 버티는 자유로운 영혼 코스프레꾼이라고나 할까. 그렇게 찔끔찔끔 여행을 다니다가 문득 생각했다. 여행하는 지금 이 순간을 박제할 순 없을까. 여행지의 공기와 유난히 환한 태양빛과 선들선들 부는 바람과 부풀어 오르는 벅찬 감정까지. 이 모든 것을 기억하고 싶었다. (중략)

"오 이렇게 두 가지 사례를 보니까 조금 알 것 같아. 취향으로 나를 소개한다는 게 어떤 건지 말이야. 그런데 내 취향에 대한 애기를 독자들이 좋아할까? 아니 출판사 편집자가 좋아하려나?"

당연히 전혀 뜬금없는 얘기라면 관심 없을 겁니다. 우린 셀럽이 아니므로 우리의 취미 따위에 관심 가져 주는 이들은 없겠지

---

* 《세상의 서쪽 끝, 포르투갈》, 서양수 저, 홍익출판사, 2018.

요. 그러나 우리의 페르소나에 따라 일관성 있는 모습을 보인다면, 그리고 그 모습에 호기심이 간다면 충분히 매력적일 수 있다고 생각합니다.

"오히려 전혀 상관없는 자기 자랑식 스펙보다는 훨씬 매력적일 수 있다고 봐요."

그렇게 구성된 '나'의 모습은 내가 실제로 추구하는 삶의 모습이 될 것입니다. 여기서 핵심은 이 자화상은 본인이 쓰려는 글과 충분한 연관성이 있어야 한다는 점입니다. 그러니까 여행 책이라면 적어도 새로운 세상에 흥미를 느끼는 사람의 모습이, 뭐든지 심드렁한 사람보다 훨씬 설득력이 있겠죠.

호환 마마 전쟁보다 나쁜 단답형 대답

또 한 가지 말씀드리고 싶은 건, 작가 소개라고 해서 건조하게 스펙과 경험을 나열할 필요가 없다는 것입니다. 이력 몇 줄만으로도 압도적 차별성을 가진 사람이거나 몇 줄의 경력이나 경험을 통해서 독자의 마음을 사로잡을 수 있다면 모르겠지만 그런 경우는 흔치 않습니다.

"그러니까 예를 들면, 무슨 박사, 토익 몇 점, 무슨 봉사 활동 100시간. 이런 것들은 글쎄요. 도움이 별로 안 될 것 같아요."

그런 객관적인 자기소개 재료들이 있다면 단답형으로 짧게 이력을 보여 주는 게 아닌, 나를 설명하기 위한 좋은 재료로 사용해야 합니다. 그 질 좋은 재료들로 본인이 생각한 저자의 모습을 구성해 가야겠지요.

“형. 근데 왜 이렇게 표정이 안 좋아요? 이거 너무 어렵나?”

“음. 자기 모습을 매력적으로 풀어 나간다는 게 충분히 공감가. 그런데 이걸 이야기로 하나씩 풀어 나가는 게 쉬운 일이 아닐 것 같아서 그렇지.”

“에이, 잘하면서 꼭 그래. 형, 그래도 첫 번째 책을 준비하는 사람들은 다 비슷한 마음일 거예요.”

“그러니까 이건 잘 만들어진 스펙으로 취업을 하자는 게 아니잖아요. 나를 어떻게 매력적으로 포장하느냐. 그게 핵심인 것 같아요.”

여러분이 생각하는 여러분 모습은 어떤가요? 여러분이 가진 경험의 조각을 이어 붙여 일관성 있는 하나의 그림을 그려 나가길 바랍니다.

차별화할 수 있다면
어제 산 신발이라도 들고 나와야

제가 제안서에 작가 소개를 쓸 때마다 빼놓지 않는 에피소드가 있는데요. 제 책이 대한항공의 TV 광고로 만들어진 내용입니다. 아마도 한동안은 제 소개 때마다 마르고 닳도록 등장할 것 같네요. 아래와 같은 내용으로 풀어 썼습니다.

▼《세상의 서쪽 끝, 포르투갈》 출간 제안서 중 작가 소개 일부

"이 여행은 한 통의 전화로부터 시작되었다."

이 광고 카피를 기억하시나요? 바로 〈대한항공 러시아 캠페인〉에 등장한 카피였는데요. 그 광고에 직접 출연한 모델이자, 광고 캠페인의 원작 여행기 《러시아 여행자 클럽》을 쓴 여행 작가 서양수입니다. 제가 이번에는 요즘 그렇게 핫하다는 포르투갈 여행 이야기를 썼습니다. (중략)

"이 얘기는 너무 강력해서 자기 소개할 때마다 써먹겠다. 이렇게 뚜렷한 나만의 차별화 무기는 글쎄…… 잘 안 떠오르는데?"

그렇다면 '아주' 강력한 무기가 아닌 '조금' 강력한 무기라도 가지고 나오는 게 좋습니다. 현실적으로 유리한 고지를 점하기 위해서, 어제 산 신발 사진이라도 가지고 와야 한다고 저는 농담 삼아 얘기합니다. 하다못해 프로필 사진에 자신 있다면 카톡 프사라도 제안서에 갖다 붙여야 한다고 말이지요.

정리

지금까지 제가 출간 제안서에 쓴 작가 소개 항목을 살펴봤습니다. 스스로 자신을 소개한다는 일은 참으로 민망하면서도 손발이 오그라드는 일입니다. 나를 돋보이게 하면서도 상대방이 거북하지 않게, 그러면서도 누구나 공감하며 매력을 느낄 수 있게 표현한다는 것은 아무리 연습해도 쉽지 않은 부분이기도 하고

요. 그럼에도 우리는, 우리가 열심히 쓴 글을 출판사에 팔아야 하는 세일즈맨입니다. 성공적 세일즈를 위해, 자신을 매력적으로 소개하는 네 가지 방법을 얘기했습니다. 다시 한 번 정리해 보자면 아래와 같습니다.

내가 생각한 페르소나는?
내 취향으로 나를 설명한다면?
단답형 대답을 피하려면?
나만 가질 수 있는 차별화 포인트는?

대형 서점에 가면 사람들이 책을 고를 때 어떤 행동을 하는지 살펴보곤 합니다. 대부분 표지를 먼저 봅니다. 디자인과 제목이 크게 한몫하는 것 같고요. 그러고 나서 많은 이들이 책 날개에 있는 작가 소개를 봅니다. 그다음에 프롤로그나 머리말을 대략 훑어본 후 한 손으로 휘리릭 넘기곤 합니다. 실은 저도 그렇게 책을 살펴봅니다. 이렇게 누군가의 손에 들렸을 때, 여러분을 소개할 수 있는 첫 번째 문장은 무엇인가요. 미래의 독자들을 상상하며 그들에게 첫 번째 말을 거는 심정으로 작가 소개를 써 보길 추천합니다. 그렇게 스스로를 소개하며 자신만의 매력을 마음껏 발산하길 바랍니다.

편집장 M의 팩트 체크

Q) 인상적인 작가 소개가 진짜 도움이 되나요?

A) 자신이 누구인지 어필하는 데 심취하다 보면 간혹 자신의 스펙만 잔뜩 늘어놓는 경우가 있습니다. 그 성과에 박수를 쳐 드리고 싶지만, 화려한 경력만으로는 어떤 분일지 그가 어떤 글을 쓸지 알 수 없지요. 그보다 자신만의 차별성을 돋보이게 쓴 작가 소개 글이 있다면 눈길이 한 번이라도 더 가고요. 편집자도 독자라는 사실을 잊지 마세요.

5장. 프로 작가들의 셀프 소개 엿보기

"이번엔 다른 작가들이 쓴 자기소개를 볼까요? 이미 출판된 책에 나와 있는 걸로요. 책 날개나 프롤로그를 보자고요."

"오, 재밌겠다. 근데 출간 제안서에 쓰는 작가 소개와는 좀 다르지 않아?"

선배 K가 묻습니다. 물론 그의 말처럼 출간 제안서에 쓴 자기소개(작가 소개)와 책 날개에 인쇄되는 작가 소개는 다릅니다. 일단 전자는 출판사의 편집자나 의사 결정권자를 위해 쓰인 글입니다. 후자는 일반 독자를 위한 글이고요. 그렇지만 전자나 후자나 목적은 상당히 유사합니다. 바로 '나'라는 인물에게 호기심을 느끼게 하는 것이죠. 읽고 나서 '오, 이 사람 뭔가 흥미로운데?' 내지는 '이 사람이 쓴 글 한번 볼까'라는 생각이 들면 일단 성공입니다. 그것이 제안서에 쓰여 있든 책 날개에 쓰여 있든 말이지요.

"그래서 저랑 같이 다양한 작가 소개를 보면 분명 뭔가 느껴지는 게 있을 거예요!"

그럼 가장 먼저, 첫 번째 책을 출간한 풋풋한 신예 작가의 소개를 보겠습니다. 작가로서의 화려한 이력이나 경력을 내세우는 소개가 아닙니다. 그렇다면 과연 자신을 어떻게 돋보이게 했는지 그 점을 주의 깊게 보면 좋을 것 같습니다.

▼《저 청소일 하는데요?》 작가 소개

27살에 처음으로 청소 일을 시작했어요. 동시에 프리랜서 일러스트레이터로도 일을 하기 시작했죠. 그러나 말만 프리랜서이지, 일도 하나 없는 무능력한 일러스트레이터였어요. 청소 일로 생계를 이어가며, 20대의 저는 세상의 편견과 자신의 편견 사이에서 어떤 선택이 옳은 것인지 고민했어요. 그 고민을 스스로 체크해 보기 위해 독립출판으로《저 청소일 하는데요?》라는 만화를 출간했죠. 이후, 책에 담긴 고민은 비단 나만의 고민이 아니었다는 사실을 알게 됐어요. 흔히 말하는 요즘 젊은이들의 고민이었죠. 덕분에 많은 공감과 응원을 받았습니다. 그렇다고 제 삶이 엄청나게 변하지는 않았어요. 지금도 여전히 청소 일을 하며, 그림을 그리고 있어요. 한 가지 달라진 것은 고민의 방향을 찾게 되었다는 것이죠. 저 스스로를 좀 더 믿게 된 것도 큰 수확이고요. 앞으로의 바람이 있다면 희망을 버리지 않는 사람이고 싶고, 희망을 주는 사람이고 싶어요. 그리고 소소한 이야기로 많은 이들과 계속해서 소통하고 싶습니다.

"와, 이렇게 담백하게 쓸 수도 있구나."

"그렇죠. 근데 형. 읽다 보면 뭔가 흥미롭지 않아요?"

확실히 궁금증을 불러일으키는 작가 소개인 듯합니다. 27세부터 청소일을 했다는 것도 그렇고 일러스트레이터였지만 일이 없었다는 솔직한 이야기도 눈길을 끕니다. 요즘처럼 청년들이 살아가기 팍팍한 시기에 타깃 독자들의 공감을 얻을 만한 내용이네요. 재미있는 건 가만히 보면 나에 대해 풀어 쓴 내용이라기보다는 '내가 생각한 것' '내가 앞으로 바라는 것'을 통해 나를 소개하고 있다는 점입니다. 바로 이 점이 작가 김예지의 본인 소개 전략인 듯합니다.

"오, 진짜 그러네. 이거 참고할 수 있겠다. '내가 희망하는 것'으로 나를 드러내는 방법 말이야."

선배 K가 흥미롭다는 반응입니다.

"그런데 가만 보면 사실 이색 경력이 돋보여. 직업발이 있달까? 하하."

"누군가가 형의 직업을 보면서도 특이하다 여길 수 있어요. 우리 모두는 서로에게 완벽한 타인이니까. 중요한 건 스스로를 어떻게 포지셔닝하느냐예요! 기억나요?"

"음. 그렇지. 어떻게 포지셔닝을 하고 어떻게 차별화하느냐. 뭐 그런 고민을 더 해야겠네."

선배 K가 점점 감을 잡아 가고 있는 것 같습니다. 문득, 이러다 그가 덜컥 문학상이라도 받아 버리면 어쩌나 하는 생각마저 듭니다. 그렇지만 일단 오늘은 제가 가진 모든 걸 쏟아 낸다는 심정으로 또 한 편의 작가 소개를 보겠습니다.

▼《지적 대화를 위한 넓고 얕은 지식 1》 작가 소개

정보가 폐품처럼 쌓여 가는 시대다. 정보의 부족이 아니라 정보의 과장이 사람의 행동을 제약할 정도다. 그래서 가게를 열었다. 널려 있는 정보들 중에서 반드시 알아야 할 가장 가치 있는 지식만을 선별해서 쉽고 단순하게 손질했다. 그리고 보기 좋게 진열했다. 저자 채사장은 새롭게 오픈한 지식 가게의 사장이다. 성균관대학에서 공부했으며 학창 시절 내내 하루 한 권의 책을 읽을 정도로 지독하게 다양한 분야에 관심이 많았다. 문학과 철학, 종교부터 서양미술과 현대 물리학을 거쳐 역사, 사회, 경제에 이르는 다양한 지적 편력은 오늘 지식 가게를 오픈할 자양분이 되었다. (이하 생략)

“채사장 작가 소개구나?”

“네. 200만 부가 넘게 팔린 책의 저자 소개인데. 어떤 것 같아요?”

재미있는 건 작가 소개 항목이지만 작가가 어떤 사람인지에 대해 말하는 부분이 거의 없다는 점입니다. 대학 시절 책을 하루에 한 권씩 읽었다는 게 그나마 작가에 대한 얘기이고, 나머지는 작가 소개라기보단 책 소개에 가깝습니다. 이 책이 어떻게 구성돼 있고, 왜 이 책을 쓰게 됐는지에 대한 내용이 등장합니다. 사실 채사장이라는 이름도 가명입니다.

“이건 좀 독특한 케이스일 수 있는데. 아마도 책과 팟캐스트를 통해 이름이 꽤 알려져서 그럴 수 있어요.”

또한 교양서이지만 책에서 다루는 주제와 관련된 마땅한 업적이나 이력이 없어서일 수도 있습니다. 이는 일반적인 교양서가 작가의 빵빵한 이력을 보여 주는 것과 대조적입니다. 아니나 다를까 채사장의 작가 소개 내용도 시간이 지나면서 교체됩니다. 아래와 같이 화려한 이력으로 채워졌죠.

▼《지적 대화를 위한 넓고 얕은 지식 0》 작가 소개

저자 채사장은 2014년 겨울에 출간한 첫 책《지적 대화를 위한 넓고 얕은 지식》이 밀리언셀러에 오르며 2015년 국내 저자 1위를 기록했다. 차기작으로 현실 인문학을 다룬《시민의 교양》과 성장의 인문학을 다룬《열한 계단》, 관계의 인문학을 다룬《우리는 언젠가 만난다》까지 베스트셀러에 오르며 200만 명이 넘는 독자의 사랑을 받았다. 책과 동명의 팟캐스트 〈지대넓얕〉은 장기간 팟캐스트 순위 1위를 기록하며, 정치 내용 판도의 팟캐스트 시장

에 돌풍을 일으켰다. 2015년 아이튠즈 팟캐스트 1위를 기록, 현재까지 누적 다운로드 2억 건으로 여전히 지적 대화를 목말라 하는 청취자들의 열광적인 지지를 받는 중이다. (이하 생략)

"이런 걸 보면 확실히 교양서는 레퍼런스가 될 만한 이력이 가장 강력한 무기일 것 같아."

"그렇죠. 관련 업적이 있다면 그걸 쓰는 게 유리해요."

"응. 일리가 있네. 몇 개나 봤지? 이렇게 동시에 여러 작가들의 소개 글을 보니까 차이가 확 느껴진다. 재미있네."

그럼 다음으로 제가 좋아하는 작가 강원국의 소개를 보겠습니다. 《강원국의 글쓰기》의 책날개에 소개된 글입니다. 글쓰기라면 우리나라에서 손에 꼽히는 분일 텐데요. 그가 어떤 전략으로 스스로를 소개하는지 보겠습니다.

▼《강원국의 글쓰기》 작가 소개

남의 글을 쓰다가 남의 회사를 다니다가 우연히 출판사에 들어갔고, 난데없이 베스트셀러 저자가 돼서 지금은 저자 겸 강연자로 살고 있다. 처음부터 글을 잘 쓴 건 아니었다. 30대 중반까지는 증권회사 홍보실 사원으로 열심히 저녁 약속을 쫓아다녔다. 대우그룹 회장의 연설을 쓰다가 김대중 정부 때 연설비서관실로 옮겼다. 그리고 운명처럼 노무현 대통령 연설비서관을 맡았다. 지금도 책에 서명을 할 때에는 '김대중처럼 노무현같이'를 즐겨 쓴다. 누구처럼 누구같이 살고 싶었으나 결코 쉬운 일은 아니었고, 지금은 그냥 글 쓰는 사람 강원국으로 살고 있다. 걸출한 사람들 사이에서 살다 보니 평생 신경성 위염을 달고 지냈다. 글쓰기로 지식 자작농을 이룬 뒤에도 마찬가지다. 그런 만큼 어떻

게 써야 창피는 안 당할지, 어떻게 써야 괜찮다는 소리를 들을지 궁리하는 것 하나는 일등이다. 이 책은 그 궁리의 상처들이자 축적물이다. 결론은 '투명인간으로 살지 않으려면 내 글을 써야 한다'는 거다. 이 책에서 그 헤아림과 방법에 관한 내 생각을 담고자 했다. 이제는 나답게, 강원국답게 살아간다.

자신이 가진 이력을 소탈하게 표현한 것이 눈에 띕니다. 대통령 연설 비서관이라는 사회적 영향력이 있는 일을 했지만, '남의 글을 쓰다가'와 같은 소박한 표현을 하고 있습니다. '난데없이' 베스트셀러 저자가 되었다는 표현도 그렇고 전체적으로 겸양의 미덕을 잘 보여 주는 듯합니다. 굳이 내가 어떤 사람인지 설명할 필요가 없을 정도로 명성이 있어서 그런 것 같기도 하고요.

"그래서 강원국 작가님은 어떤 전략을 쓴 것 같아요?"

"음. 겸손함 속에서 오히려 '내가 글쓰기만큼은 잘한다. 그리고 잘 안다.' 이런 자신감이 느껴지는데?"

선배 K가 제대로 본 것 같습니다. 강원국 작가는 흔히 다른 사람들이 겪지 않은 경험, 독특한 이력 등을 통해 글쓰기 전문가로서 자신을 돋보이게 하는 듯합니다. 바로 그것이 그의 차별화 전략이고요.

정리

작가마다 본인이 가진 무기가 다르고 상황도 다릅니다. 업적이 많은 작가가 있고 특이한 경험을 한 작가도 있습니다. 이야기가 장점인 작가도 있고 소탈함이 무기인 작가도 있고요. 그들은 저마다 자신에게 가장 유리한 판으로 독자를 데리고 갑니다. 한 문장이라도 더 읽게 만들기 위한 유혹의 향연을 펼칩니다. 저마다의 방식으로 말이지요.

중요한 건 저렇게 반짝이는 작가들 틈바구니에서 '나'의 작가 소개도 빛이 나야 한다는 점입니다. 그러려면 그 누구도 할 수 없는, 나만의 이야기를 하는 게 가장 좋은 방법이겠죠. 여러분이 할 수 있는 이야기는 무엇인가요? 그 이야기를 통해 스스로를 소개하는 글을 써 보길 바랍니다. 시작이 어렵다면 앞에서 소개한 방법 중 하나를 골라서 시작해 보는 것도 좋은 방법입니다.

내 이야기를 업적형으로 풀어 본다면? 취향형으로 시작해 본다면? 이색 경험형로 정리해 본다면? 동기 설명형으로 구성해 본다면? 언제나 그렇듯 정답은 없습니다. 각자 가진 무기를 바탕으로 최선의 방법을 찾아야 합니다. 다음 장에서는 제안서에 등장하는 나머지 자잘한 문항들을 다루도록 하겠습니다. 역시 실제로 출판사에 투고했던 제안서 사례를 가지고 설명하겠습니다.

6장. 자잘한 질문들을 위한 해법

"오늘은 제안서의 나머지 부분! 자잘한 질문들에 대해 얘기해 보려고요."

선배 K와 오랜만에 마주 앉았습니다. 나른한 오후, 늦봄의 햇살이 카페 통유리로 쏟아져 들어옵니다. 그간 제안서 쓰기의 핵심 내용인 기획 의도, 작가 소개를 다뤘습니다. 다소 부담스럽고 정보의 양이 많았던 걸까요. 선배 K가 그 사이 좀 수척해진 것 같네요.

"형 괜찮아요? 오늘은 확실히 가벼운 내용이니까 부담 없이 보면 좋을 것 같아요. 제안서의 나머지 질문들은 대략 다음과 같은 것들이에요."

경쟁 상황 - 유사 도서는 어떤 것들이 있나요?

카테고리 - 어떤 분야의 책입니까?

목차 - 이 책의 구성을 알려 주세요

마케팅 - 판매를 위한 아이디어가 있나요?

"이게 자잘한 질문들 맞아? 무거운데?"

선배 K가 멋쩍은 웃음을 짓습니다. 그의 말처럼 제안서의 중요성을 고려했을 때 쉽게 써 나갈 순 없습니다. 그러나 위 네 개 항목은 '목차'를 제외하고 모두 필수 작성 항목은 아닙니다. 제안서 양식이 있는 출판사도 위의 항목이 모두 다 들어가 있진 않습니다. 그러니 제안서 형식이 따로 없는 출판사에 제안할 땐 과감하게 생략해도 됩니다. 딱히 할 말이 없다거나, 썼을 때 하등 도움되는 게 없다고 판단한다면요.

"그럼 질문들을 하나씩 볼게요."

유사 도서는 어떤 것들이 있나요?

시장의 경쟁 상황을 묻는 질문입니다. 이 질문의 의도는 분명합니다. 바로 '시장에 충분한 수요가 있는가?', '당신 책이 유사 도서 대비 차별점이 있는가?'입니다. 시장의 수요는 유사 도서가 얼마나 있느냐를 통해 판단할 수 있습니다. 유사한 책들이 여러 권 있고 또 잘 팔리고 있다면 수요가 충분하다는 의미입니다. 이 경우 내 책이 기존 책과 대비해서 얼마나 경쟁력을 가졌는지 강조해 보여 주면 됩니다.

예컨대, 여행 에세이 제안서를 쓴다면 유사한 책 리스트를 작성하는 것이 좋습니다. 그런 책들이 베스트셀러면 더욱 좋고요. 다만 그 책과 내가 쓰려는 책이 어떻게 다른지, 얼마나 독보적 차별점이 있는지 함께 비교해 보여 줘야 합니다.

"그래서! 저는 어떻게 썼는지 한번 볼게요. 《러시아 여행자 클럽》 제안서예요."

▼《러시아 여행자 클럽》 제안서 중 유사 도서 부분

Q. 유사 도서로는 어떤 것들이 있나요?
A. 유쾌한 여행 이야기라는 점에서 박민우 작가의 《1만 시간 동안의 남미》, 빌브라이슨의 《발칙한 유럽 산책》을 유사 도서로 꼽을 수 있습니다. 그런 책들처럼 읽는 재미를 곳곳에 지뢰처럼 숨겨 뒀고요. 특별히 러시아라는 이색적 나라를 여행지로 정했습니다. 색다른 여행지를 꿈꾸는 이들에게 북극성 같은 책이 되고자 했습니다. 현재 러시아 여행과 관련된 에세이는 무려 한 권도 없으나! 러시아로 여행하는 인구는 꾸준히 쉬지 않고 야금야금 늘고 있는 상황입니다.

"응 읽어 보니까 이 책의 포지셔닝이 어떤지 대략 알 수 있는 것 같아. 적정 지점을 잘 짚은 것 같은데?"

"네. 지금이야 러시아가 여행지로 엄청 떴지만 당시만 해도 러시아 여행은 인도나 페루 여행보다도 드문 일이었거든요. 어쨌든 위와 같이 제안서를 쓰고 러시아 항공편이 증가하고 있다는 기사 같은 것도 덧붙였어요."

어떤 분야의 책입니까?

이 질문의 의도는 출판사 편집자가 이 책이 어떤 내용인지 대략적인 감을 잡기 위함입니다. '추리 소설', '직장인 자기 계발서', '부동산 투자서' 등의 단어를 떠올렸을 때 어떤 전개가 펼쳐질지 상상할 수 있습니다. 마찬가지로 내가 쓴 책의 분류를 한마디로 정의할 수 있다면 편집자가 전체 내용을 파악하는 데 훨씬 도움이 됩니다. 그런데 저는 이 항목 하나도, 좀 다르게 표현하고 싶었습니다. 결혼 책을 쓸 때 그냥 '에세이' 또는 '결혼 준비 에세이' 등이라고 쓸 수 있었지만 그러기엔 좀 밋밋하다고 생각했어요. 좀 특이하게 어필하고 싶었고 호기심을 자극하고 싶었습니다. 그래서 어떻게 썼는지 함께 볼까요?

▼《단지 결혼을 하고 싶은 건데 이게 다 무슨 일이래요》 출간 제안서 중 분야 소개

Q. 어떤 분야의 책인가요?

A. 남자의 시선으로 바라본, 결혼에 대한 아주 사적인 에세이입니다. 그러나 이 시대를 관통하는 결혼 문화를 슴슴하게 비판하고 있는 사회문화서이기도 합니다. 읽다 보면 결혼 준비 팁들이 부지불식간에 튀어나오는 실용서이기도 하고요.

"크크크. 난 여기서 좀 궁금한데. 사실 카테고리는 심플하고 명확하게 써야 하는 거 아냐? 예컨대 여행 에세이, 자기 계발서 뭐 이렇게 말이야."

"네. 깔끔하고 딱 떨어지게 정의하려면 그게 맞을 것 같아요."

"그런데?"

"그런데 전 그때 왜 그랬나 모르겠어요. 어떻게든 튀어 보고 싶었던 것 같은데. 그게 플러스 요인이 됐을지 확답은 못 하겠네요. 다만 출판사 여러 곳에서 러브 콜이 왔으니. 결과적으로 플러스였던 걸로?"

영화 〈기생충〉을 두고 사람들은 장르를 한 가지로 정의하기 어렵다고 말합니다. 드라마였다가 블랙 코미디였다가 호러였다가 하며 여러 장르를 넘나든다는 것이지요. 제 글을 감히 〈기생충〉과 비교할 수는 없지만 여기서 중요한 것은, 그래서 '누군가가 내 글을 읽고 싶어 하느냐'일 것입니다.

이 책의 목차를 알려 주세요

목차는 자잘한 질문 모음 중 유일하게 제안서에 반드시 포함시켜야 하는 필수 항목입니다. 때문에 잘 써야 합니다. 그럼 어떤 게 잘 쓴 목차일까요? 목차만 보고도 책의 구성과 대략적인 내용을 파악할 수 있다면 100점짜리일 것입니다. 목차 올림픽이 있다면 금메달 감이지요.

"목차를 통해 이 책이 병렬형 구조인지, 기승전결 구조인지 한눈에 알 수 있다면 좋아요. 그리고 각 소제목들의 계위가 일정할수록 좋고요."

목차를 구성할 때 제가 유독 신경을 많이 쓴 부분이 있습니다. 그건 바로! 소제목의 표현 방식입니다. 저는 글의 주제를 담고 있는 키워드로서 소제목을 쓰기보다는, 해당 챕터를 읽고 싶게 만드는 '한 줄 카피'로서 소제목을 쓰려고 했습니다. 간결한 문장 딱 하나만 보고도 내용이 궁금해지는, 그야말로 썸네일 장인이 따로 없을 정도로 공을 들였죠.

"그럼 실제 예시를 한번 볼까요. 제가 목차를 구성할 때 썼던 소제목들이에요."

▼《러시아, 또 다른 유럽을 만나다》 목차 중

붉은 광장은 왜 붉지 않을까?
일생에 한 번은 에르미타주
KGB 요원과 마주칠지 몰라
차이콥스키가 놀랄 러시아 최신 가요
점심에 먹을 수 있는 것을 저녁까지 미루지 마라

▼《세상의 서쪽 끝, 포르투갈》 목차 중

여행이 아니면 누릴 수 없는 즐거움
트래블 푸어! 어쩌다가 난 BMW X5를 빌렸나?
무한한 일상 속, 유한한 휴가를 대하는 자세
여행지에서의 만남이 특별한 이유
쓸데없는 일만 골라서 할 거다

"아, 응. 뭔가 내용이 궁금해지는 요소들이 있네."

제안서의 목적이 궁금증을 유발해서 실제로 본문을 읽게 만드는 것처럼, 목차도 이것을 읽는 출판사 편집자를 혹하게 해야 합니다. 그러려면 너무나 간결하고 솔직 담백하게 정보만 담은 목차보다는 뭔가 색다른 것을 품고 있는 듯한, 알듯 말 듯한 '호기심 유발' 제목으로 구성한다면 좋을 것 같습니다.

"마치, 포털 사이트 기사 제목처럼?"

"아, 포털의 기사는 제목에 혹해서 클릭하고 보면 막상 별것 없더라고요. 근데 책은 읽었을 때 뭐가 있어야 좋은 책이겠죠."

마케팅 아이디어가 있나요?

이는 책 판매 활성화를 위한 저자의 아이디어가 있는지, 혹은 저자가 현실적으로 도울 수 있는 방법이 있는지 묻는 것입니다. 혹시 이 항목이 불편하다고 생각하는 분이 있으신가요? 저자는 글을 쓰는 사람이지, 책을 파는 사람은 아니라고 생각하는 분이 있을지 모르겠습니다. 아직 함께 일할지도 확실하지 않은데 잘 판매할 아이디어부터 물어보는 것은 좀 결례가 아닌가 생각하실 수도 있고요. 실은 제가 그렇게 생각했습니다. 좋은 글을 쓰는 것까지가 저자의 역할이라고 생각했죠.

"근데요. 책 몇 권 내 보니까 생각이 좀 달라졌어요. 그러니까 내 책을 잘 팔고 싶더라고요. 많이 팔고 싶었어요."

좋은 글을 쓰는 건 기본이고 잘 팔리는 책을 쓰는 저자는 분명 다른 점이 있다고 봅니다. 시장과 독자의 니즈를 꿰뚫는 시야와 능력을 가졌다고 할까요. 그런데 성공적인 판매가 이루어지려면 출판사의 노력만으로는 부족합니다. 기획 단계부터 저자의 적극적인 참여가 있다면 시너지를 낼 수 있을 것입니다.

제가 최근에 낸 책의 경우, 아래와 같은 아이디어를 제안서에 써내기도 했습니다. 일부는 출판사의 지원으로 실행된 것도 있고, 저는 그것과는 별개로 인플루언서들에게 직접 손 편지를 써서 책을 선물했습니다. 구체적인 마케팅 실행 이야기는 별도의 챕터에서 다루도록 하겠습니다. 일단 지금은 제안서상에 어떻게 썼는지 살펴보겠습니다.

▼《결혼을 하고 싶은 건데 이게 다 무슨 일이래요》 출간 제안서 중

Q. 마케팅/판매를 위한 아이디어가 있나요?
A. 본문에 결혼 준비 팁을 넣어 이와 관련 업체를 소개할 수 있을 것 같습니다. 다이렉트 웨딩, 셀프 웨딩, 촬영 업체들과 공동 마케팅을 할 수 있을 것 같고요. 특히 다이렉트 웨딩에 대해서는 책 본문에서 언급하고 있는 부분도 있습니다. 관련 산업군이 상당한 규모로 존재하는 만큼 해당 업체들과의 협업은 충분해 보입니다.

"몇 개 쓰긴 했네. 그래도 나라면 말이야 훨씬 더 적극적으로 어디에 팔지 쓸 것 같아. 내가 발품 팔며 팔 수도 있고 말이야. 하하."

선배 K가 본인은 더 적극적으로 마케팅 아이디어를 낼 수 있다고 합니다. 사실 이 부분은 적극성을 어필할수록 좋을 것 같습니다. 그리고 현실 적용 가능성이 높을수록 큰 점수를 받을 수 있겠지요.

"그런데 형, 어디까지나 이건 마케팅 아이디어인 거지. 작가

가 직접 몇 부를 팔아 줘야 한다 뭐 이런 요구라면 거절해야 된다는 거 알죠?"

"헐. 그게 무슨 말이야? 그런 경우도 있어?"

실제로 일부 출판사는 작가가 100~200권, 혹은 그 이상 팔아 주는 조건으로 계약하기도 합니다. 그럴 경우 일부는 자비 부담 출판이 되는 것이지요. 저는 이런 곳과는 계약하지 않기를 바랍니다. 아직 책을 출판하지 않은 작가 입장에서야 책을 낼 수만 있다면 뭐든 좋겠다는 생각이 들 수 있지만 신중할 필요가 있습니다. 그런 출판사는 수익성을 생각해 책에 투자하지 않을 가능성이 높습니다. 인력 투자, 자본 투자, 시간 투자 등 리소스를 투자하지 않는다면 결과물이 좋을 리 없습니다. 출판 후에 마케팅을 적극적으로 할 리도 만무합니다. 그 모든 게 비용이기 때문이죠.

그렇게 탄생한 책은 머지않아 서점에서 찾아보기도 어렵게 역사의 뒤안길로 조용히 사라질 수 있습니다. 매일같이 쏟아져 나오는 책들 사이에서 내 금쪽같은 시간과 노력을 투자해서 만든 책이 빛도 보지 못한다면? 서점 깊숙한 곳에 자리한 창고에서 먼지와 함께 쌓여 간다면? 상상만 해도 작가 입장에서는 '맴찢'이네요. 최소한 그런 일은 없어야겠지요.

책 사세요-!

정리

지금까지 제안서의 자잘한 질문 네 가지에 대해 살펴봤습니다. 각각의 질문들이 의도하는 바는 결국 아래와 같은 것입니다.

경쟁 상황 → 이 책의 수요가 있나요?
카테고리 → 이 책의 내용은 한마디로 뭔가요?
목차 → 이 책의 구성은 어떻게 되나요?
마케팅 → 누구에게 어떻게 판매할까요?

각 질문의 의도를 꼼꼼히 살펴보고, 과연 그 의도에 맞는 나만의 맞춤형 제안서를 어떻게 쓸 것인지 고민하기를 바랍니다. 제가 썼던 전략은 '딱 한 문장을 읽어도 호기심이 생기게!'였습니다. 세상에서 가장 좋은 글은 다음 장이 기대되는 글이라고 생각했기 때문입니다. 내 제안서를 처음 읽는 편집자가 다음 내용이 궁금해서 화장실 가고 싶은 것도 참고 읽는 글. 만약 그런 글이 나올 수 있다면 작가로서 행복할 것 같네요.

여러분들도 그런 행복감을 느끼는 작가가 되길 바랍니다. 다음 편에서는 내게 맞는 출판사를 고르는 방법에 대해, 그리고 실제로 출판사에 제안서를 보낼 때의 팁들에 대해 얘기 나누겠습니다.

7장. 출간하기, 대형 출판사가 진짜 좋은 거 맞아?

"아니, 그게 고민할 문제야? 선택할 수 있다면 당연히 유명한 대형 출판사가 좋은 거 아냐?"

"저도 그렇게 생각했죠. 근데 책 몇 권 내 보니까 그렇게 단순하지 않더라고요."

대형 출판사와 소형 출판사는 저자 입장에서 분명한 장단점이 있습니다. 대형 출판사의 단점이 있고, 소형 출판사도 장점이 있다는 말입니다. 우린 각각의 장단점을 파악하고 내게 맞는 출판사를 선택할 필요가 있습니다. '그걸 내가 고를 수 있어?'라고 반문하실지 모르겠습니다. 물론 첫 책을 출간하는 작가에게 출판사 선택의 폭은 좁습니다. 우선 내 책을 내 주겠다는 출판사 한 곳을 찾기도 어려운 게 현실이고요.

그러나 우리는 이제 직장이라는 울타리를 떠나 '나'라는 독립된 주체로서 비즈니스 상대를 찾고 있습니다. 신중해야 하는 것이지요. '내가 이런 서포트를 받을 수 있겠구나' 혹은 '이런 점은 기대하기 어렵겠구나'를 알고 나서 계약해야 합니다. 그래야 내가 기대하던 이상과 현실의 낙차를 최소화하여 대응할 수 있습니다.

대형 출판사와 계약하면 이런 게 꿀맛

"그래서! 심플하게 대형 출판사의 장점을 보면 크게 세 가지 같아요. 인력, 자본력, 시스템."

먼저 인력에 대해 얘기하겠습니다. 대형 출판사에는 상대적으로 베스트셀러 및 스테디셀러를 만들어 본 인력이 더 많을 수 있습니다.

출판 산업이 '노동 집약적(?)'인 산업인 만큼 성공 노하우를 보유한 인력이 있다는 건 크나큰 장점입니다. 이는 그만큼 양질의 인력을 보증한다는 말이기도 하고요. 좋은 작가를 고르는 안목이 있다는 말이기도 하고, 유능한 편집자와 마케터가 있다는 말이기도 합니다. 내가 밤을 새워 가며 쓴 글이 그런 프로들의 손에 맡겨진다면 어쩐지 든든한 아군을 얻은 듯한 기분이 들겠죠?

다음으로 자본력에 대한 얘기입니다. 자본력은 책의 퀄리티를 높이는 데 사용될 수 있고 마케팅을 위해 사용될 수도 있습니다. 예컨대, 최근 제가 출간한 책의 경우 일러스트 작가를 섭외해 상당한 분량의 일러스트를 그려 넣었는데요. 이는 출판사의 빵빵한 지원 없이는 쉽지 않은 일입니다. 그리고 마케팅을 하는 데도 큰 비용이 듭니다. 대형 서점의 잘 보이는 평대에 노출하는 것도 비용이고, 올여름 휴가지에 가져가야 할 책 베스트10 기획전에 노출하는 것도 비용입니다. 하다못해 서평단을 운영하려 해도 돈이 듭니다. 내가 쓴 글을 팍팍 밀어 줄 자본력이 있다면 든든하겠지요.

마지막으로 대형 출판사의 시스템과 프로세스에 대한 얘기입니다. 계약서 하나를 보더라도 대형 출판사는 내부에 정형화된 계약서가 있고 너무하다 싶은 독소 조항은 드물 겁니다. 물론 아닐 수도 있습니다. 그러나 그동안 쌓아 놓은 기업 이미지를 훼손하지는 않을 거라는 믿음이 있습니다. 인세율이나 인세 지급 기간 등에 대해서도 마찬가지입니다. 많은 출판사들이 영세한 규모로 운영되고 있으며, 가족 경영을 하는 곳도 적지 않다는 걸 고려할 때 대형 출판사에 최소한의 안전 장치는 있는 셈이지요.

대형 출판사의 치명적 단점

"응. 들어 보니까 엄청 좋은데? 안 좋을 게 과연 있어?"

"네. 치명적인 단점이 있어요. 오늘은 바로 그게 핵심이에요."

"치명적이기까지?"

"네. 대형 출판사는 1년에도 수십 권의 책을 내거든요. 바로 내 책은 수많은 책들 중 하나. 그러니까, 원 오브 뎀One of them이라는 거죠."

대형 출판사는 보통 연중 출간 로드 맵이 정해져 있습니다. 인지도 높은 작가 풀도 빵빵하게 가지고 있습니다. 대부분 그런 작가들과 언제 어떤 책을 낼지 연간 계획이 세워져 있고, 그런 계획을 착실하게 실행하는 게 최우선 과제일 겁니다. 그렇다면 우리의 첫 번째 책은 어떨까요?

"아마도 우리 책은 짱짱하게 짜여진 로드 맵 중간에 슬쩍슬쩍 들어가는 거겠죠."

"으흠…… 말하자면 꼽사리 정도?"

"최대한 긍정적으로 해석하자면 기업에서 신사업하는 것과 마찬가지일 것 같아요."

기업은 모든 리소스와 역량을 캐시 카우 영역에 집중합니다. 하지만 새로운 사업을 시도하지 않는 회사는 도태되기 마련입니다. 출판사도 마찬가지입니다. 참신한 이야기를 해 줄 풋풋한 신예 작가를 찾는 이유입니다.

"형. 그래도 너무 걱정하지 말아요. 실리콘 밸리에선 신사업이 대박 나기도 하잖아요."

"근데 여긴 실리콘 밸리가 아니잖아. 종로구 청진동인데?"

그래서 출판사는 우리에게 대단한 리소스를 투입하지 않을 겁니다. 유명 작가의 책이 출판되는 시즌과 우연히 맞물리기라도 한다면? 아마 그 출판사가 운영하는 SNS며 모든 인터넷 채널은 유명 작가 얘기로 도배될 것입니다. 변변한 마케팅 지원을 받기 어려울지도 모릅니다. 경우에 따라서는 사내 인력이 아닌 외주 편집자가 책을 맡기도 합니다. 외주 편집자가 사내 편집자보다 잘하느냐 못하냐를 떠나, 그쯤 되면 굳이 대형 출판사의 장점이 뭐가 있을까 의문이 들기도 합니다.

"음. 정말 그럴 수 있겠다. 근데 넌 어떻게 그렇게 잘 알아?

이거 다 네 경험인 거야?"

"하하하. 할많하않이라고 아세요?"

소형 출판사의 반전 매력?

"그럼. 작은 출판사엔 앞서 말한 단점은 없는 거야?"

확실히 없다고 말하긴 어렵습니다. 그러나 한 달에 한 권 또는 수개월에 한 권을 출판사는 출판사도 있습니다. 규모가 작은 출판사 입장에서는 한 권 한 권이 소중하고 지속 가능한 경영을 위해 최대한 많은 책의 성공을 도모해야 하는 상황이지요. 인력 수는 적지만 한 권에 쏟아붓는 정성과 노력이 결코 적지 않을 것입니다.

소규모 출판사라고 해서 대형 출판사에 비해 인력의 질이 낮다는 말을 하기도 어렵습니다. 대형 출판사에서 오랜 기간 근무하다가 본인의 역량을 마음껏 펼치기 위해 내 사업을 하는 이들이 많기 때문입니다.

"그리고 요즘에는 소형 출판사의 책이 베스트셀러에 오르는 경우도 꽤 있거든요."

예전에 제 책을 낼 때도 소형 출판사와 대형 출판사를 사이에 두고 고민했던 적이 있습니다. 두 출판사 모두 저와의 계약 진행을 희망하고 있었는데요. 당시에는 이렇게 자세한 상황까지 고려하지는 않았습니다. 그냥 조금이라도 더 빨리 출간해 줄 수 있는 출판사를 택했어요. 게다가 더 큰 출판사가 막연하게 좋을 거라는 기대도 있었고요.

물론 책은 예쁘고 완성도 높게 나왔지만 그때 작은 출판사에서 책을 냈다면 어땠을까 종종 생각해 봅니다. 얼마 안 가 저와 회의를 진행했던 소형 출판사에서 연속해서 베스트셀러를 만들어 내기도 했으니 더 그럴 만도 합니다.

"그렇다고 소형 출판사에 장점만 있는 건 아니지 않아?"

물론입니다. 대형 출판사의 막강한 장점은 고스란히 소형 출판사의 단점이 됩니다. 경험, 자본력, 시스템. 이런 것들이 대형 출판사보다 우위에 서기 쉽지 않죠.

정리

지금까지 출판사 규모별 장점과 단점에 대해 살펴봤습니다. 작가가 되길 꿈꾸는 사람들 대부분은 이름난 대형 출판사에서 책을 내길 희망합니다. 물론 그런 유명 출판사의 이미지가 전혀 근거 없는 것은 아닙니다. 그러나 큰 출판사라고 해서 꼭 장점만 있는 것은 아닙니다. 그리고 소형 출판사라고 해서 모두 열악하고 단점만 가진 것은 아닙니다. 각각의 장점과 단점이 있는 것이지요. 정리하면 아래와 같습니다.

대형 출판사 장단점

• 장점: 인력, 자본력, 시스템을 두루 갖추고 있음
• 단점: 내 책이 찬밥 신세가 될 수 있음(One of them)

소형 출판사 장단점
• 장점: 내 책 하나에 출판사 리소스를 집중함
• 단점: 인력, 자본력, 시스템이 상대적으로 부족할 수 있음

진짜 중요한 것은 각각의 장점과 단점을 파악해서 내게 맞는 출판사를 골라야 한다는 점입니다. 그리고 함께 일하게 될 출판사가 정해졌다면 그 출판사가 가진 장단점을 파악해야 합니다. 그런 다음 내게 유리한 상황을 만들어 가면 됩니다.

이 세상의 모든 비즈니스가 그렇듯 내게 주어진 상황은 '상수'입니다. 그 상수를 어떻게 활용하느냐는 바로 내게 달려 있는 '변수'이고요. '상수'와 '변수'를 잘 버무려 어떻게 최고의 책을 만들까를 고민하는 것이 작가의 몫입니다. 다음 편에서는 출간 제안서를 투고할 출판사를 고르는 방법과, 실제 출간 제안서 쓸 때의 팁에 대해 얘기하겠습니다.

8장. 실전에선 노벨상 수상자도 까이는 이유

출판사 번호 따기

"푸하하. 오늘의 주제 멋진데?"

"형. 이게 굉장히 진지한 일이에요. 가볍게 볼 일이 아니라고요, 아오."

앞서 설명한 방법을 참고해 출간 제안서를 작성했다면, 이제는 투고할 출판사를 찾아야 합니다. 내게 맞는 출판사를 찾는 가장 쉬운 방법은 바로 내가 낼 책과 유사한 책을 낸 출판사가 어떤 곳인지 살펴보는 겁니다. 경영서를 낼 거라면 경영서를 많이 내는 출판사, 에세이를 내고 싶다면 에세이를 많이 내는 출판사를 찾는 것이지요.

"이게 그냥 독자로 볼 땐 잘 몰라도 자세히 보면 출판사마다 책을 내는 방향성 같은 게 있거든요. 음…… 그러니까 쉽게 말해 일종의 맛집인 거죠."

"에세이 맛집, 번역 소설 맛집, 경제 경영 맛집, 자기 계발 맛집?"

"크, 역시 잘 아네요."

"아, 그럼 난 출판계의 김밥지옥을 찾아야 되나."

물론 출판사별로 분야를 나누는 선이 굵고 또렷한 곳도 있고 좀 희미한 곳도 있습니다. 그러나 경영서를 내고 싶은데 문학

전문 출판사에 제안한다면 결과는 뻔합니다.

“일단 앞서 말한 방법처럼 출판사를 찾았다면 판권 페이지, 혹은 녹색 창에 검색해서 출판사 이메일 주소를 알 수 있어요.”

출판사 별로 홈페이지가 있는 곳, 블로그가 있는 곳, SNS 페이지만 있는 곳 등 다양합니다. 그렇지만 공통적으로 투고를 위한 이메일 주소 하나쯤은 공개해 두고 있습니다. 연간 출간 일정이 빠듯하게 잡혀 있어 한동안 투고를 받지 않는 출판사도 있긴 합니다. 그럼에도 평소에 너무 애정하는 출판사라면, 그래서 꼭 그곳과 접선해야겠다면 그냥 물어보면 됩니다.

“제가 그랬거든요. 아무리 봐도 투고 메일 주소가 없더라고요. 그래서 페이스북 메신저로 투고하겠다고 메일 주소 좀 알려달라고 했죠.”

“오, 그래서?”

“그래서! 결국 그 출판사랑 계약했잖아요. 하하하.”

한 온라인 사이트에서 출판사 연락처만 수백 군데 모아 유로로 판매하는 것도 봤습니다. 그런 걸 이용하는 것도 방법입니다. 그러나 내게 맞는 출판사는 직접 찾아보는 걸 추천합니다. 실제로 출판사 연락처를 확인하는 게 그리 어려운 일도 아니고 시장 조사를 하면서 스스로 느끼는 것도 있으니까요. 또 그런 분석을 통해 알게 된 나만의 인사이트를 제안서 ‘경쟁 상황’ 항목에 다시 쓸 수도 있고요.

제안서 제출 팁 세 가지

그렇게 출판사의 이메일 주소를 알아냈다면 이제는 출간 제안 메일을 쓸 차례입니다. 언제나 첫 번째 연락은 떨리기 마련인데요. 제안할 때 알아 두면 좋은 팁 세 가지를 준비했습니다.

"오, 이런 거 좋다."

첫째, 출판사에 맞춰 맞춤형 메일을 보내면 좋습니다. 제안하려고 하는 출판사에서 최근에 낸 책이나, 평소 인상 깊었던 점을 말하는 것도 방법입니다. 평소에 좋아하던 출판사라면 관련 에피소드를 살짝 언급해 주는 것도 좋을 것 같습니다.

둘째, 수십 개 출판사를 몽땅 수신자에 넣어서 한 번에 보내지 않았으면 합니다. 각 출판사마다 한 번에 한 곳씩 별도의 메일을 보내라는 말입니다. 이건 솔직히 말해서 좀 비효율적이라는 생각도 듭니다. 게다가 유명 작가가 아니라면 대부분 작가들은 복수의 출판사에 제안합니다. 이를 출판사가 모르는 것도 아닙니다. 그럼에도 출판사별로 각각 콘택트를 해야 하는 건 아무래도 성의 문제인 듯합니다. 어떤 것을 제안하는 입장에서, 그리고 상대방을 설득해야 하는 입장에서 상대방의 감정을 고려하길 바랍니다.

셋째, 내게 딱 맞는 출판사를 열 곳에서 스무 곳 정도 엄선해 보내는 방식을 추천합니다. 첫 번째 그룹에 제안서를 보내고 나서도 반응이 없다면 다시 다음 스무 곳 정도의 출판사를 노리는 게 좋습니다. 사람에 따라서는 100곳, 200곳에 제안하는 경우도 봤습니다. 실제로 허혁 작가는 처음으로 투고할 때 '딱 100군데만 보내 보고 안 되면 그만두자'고 생각했답니다. 그리고 제 브런치에 댓글 달아 주신 한 독자분도 실제로 200곳에 투고했다고 하고요.

일단 써 놓은 원고와 제안서가 있기 때문에 출판사에 제안할 때 추가되는 노동력이 거의 없습니다. 덕분에 많게는 100군데가 넘는 곳에 제안할 수 있습니다. 하지만 현실적으로 말해서 그렇게 좋은 방법은 아닙니다. 100번 넘게 거절당하면 아무리 강철 멘탈이라도 마음이 좋지 않습니다. 글쓰기가 싫어질 수도 있고요.

게다가 결정적으로 편집자들은 매의 눈을 하나씩 가지고 있습니다. 원고가 주목받을 책이 될지, 되지 않을지 귀신같이 알아봅니다. 그 편집자들이 다니는 회사는 다르지만 원고를 보는 눈은 크게 다르지 않습니다. 그래서 몇 곳에 투고해 보면 소위 말해 '입질'이 옵니다. 어느 편집자의 말을 옮기자면 진짜 좋은 원고는 다른 곳에 뺏기기 싫어서라도 바로 연락한다고 합니다. 원고만 좋다면 복수의 출판사에서 연락이 올 수 있고요.

"그거 진짜 행복한 상황이네. 그중에서 고르면 되는 거 아냐?"

"선택의 폭이 넓어진다는 건 행복한 일이긴 해요. 그렇지만 내 책과 가장 맞는 곳을 선택해야겠죠."

노벨상 수상자에게도 팍팍한 현실

"형, 한 유명 작가가 팟캐스트에서 본인의 투고 이야기를 한 적이 있어요. 이게 진짜 재미있기도 하면서 슬픈 현실인데요."

한겨레문학상을 처음 받은 신인 작가 시절. 그는 다음 책을 위해 여러 출판사에 투고했다고 합니다. 그런데 열 곳의 문을 두드리면 절반 정도만 답장이 왔다네요. '편집부의 검토를 거쳐 회신해 주겠다'는 내용으로요. 그리고 그 다섯 곳 중 두세 곳에서만 다시 답장이 왔다고 합니다. '안타깝지만 저희의 출간 방향과는 달라……' 뭐 이런 내용입니다. 그렇게 우여곡절 끝에 결국 한 곳과 출판 계약을 했다고 합니다.

"와. 이름만 대면 다 알 만한 그 작가도 그랬다고?"

"맞아요. 그도! 그렇게 답장을 받기가 어려워요."

"이게 뭔가 위로가 되면서도 좀 걱정스럽기도 하네."

"에이. 걱정할 거 뭐 있어요. 저 멀리 프랑스 얘기를 좀 할게요."

프랑스에서 재미있는 실험을 했답니다. 2005년 작고한 노벨문학상 수상자의 실명을 가리고, 그의 작품에서 발췌한 원고로 출판사에 출간 제안을 한 것이지요.

"오, 그래서 어땠어?"

결과는 놀랍습니다. 위에서 언급했던 사례와 크게 다르지 않았죠. 출판사 총 열아홉 곳에 보냈는데, 열두 곳은 출간 거절 의사를 밝혔고 나머지는 답장조차 돌아오지 않았다고 하네요.

"와, 그런 일도 있었구나."

"왜, 쓰기 전에 먼저 유명해져야 한다는 말도 있잖아요."

물론 위 프랑스 작가의 작품은 너무 오래된 작품이라는 맹점이 있긴 합니다. 그럼에도 위 실험은 한편으로 우리에게 위로를 줍니다. 거절이 참 평범한 상황이라는 뜻이기도 하니까요.

"최근에 출판 편집자가 쓴 책을 하나 봤는데요."

그 편집자는 투고에 거절의 답장을 일부러 하지 않는다고 합니다. 투고 원고에 일일이 거절하려면 뻔한 얘기를 반복해야 하기 때문이라네요. 무성의한 소리를 하느니 아예 회신하지 않겠다는 그 말도 충분히 이해는 갑니다. 그러니 우리는 크게 실망할 필요가 없습니다.

"그래도 원고 보내 놓고 나면 속이 탈 것 같아. 거절이라도 메일 한 통 받는 게 낫지. 기다리지 않게."

"하하. 다들 내 맘 같지 않잖아요. 그저 서로 간의 업무와 역할에 충실한 것뿐이라고 여기자고요."

알아 두면 유용한 원고 투고 팁

지금까지 내게 맞는 출판사 찾는 방법을 살펴봤습니다. 그리고 제안할 때 알아 두면 유용한 것 세 가지에 대해 이야기했습니다.

출판사 맞춤형 제안하기

메일은 출판사별로 따로 보내기

열 곳에서 스무 곳씩 나눠서 투고하기

그리고 냉정한 현실에 대해서도 이야기했습니다. 숱하게 제안서를 보내도 거절 답장조차 받지 못하는 경우가 많을 거라는 얘기였습니다. 노벨상 수상자라도 크게 상황이 다르지 않으니 실망할 필요는 없습니다. 우리는 우리가 할 수 있는 일을 묵묵히 하면 그만입니다. 그렇게 내 원고를 알아봐 줄 편집자를 찾아내는 것! 그것이 바로 우리가 할 일입니다. 시간의 힘을 믿고 노력하는 이는 결코 배신당하지 않을 거라는 믿음이 있습니다. 그런 믿음 위에서 나만의 글을 한 땀 한 땀 엮어 가길 바랍니다.

편집장 M의 팩트 체크

Q) 예비 작가가 출간을 제안하면 대부분 거절하는 게 사실인가요?

A) 연간 스케줄이 타이트하게 짜여 있을 경우에는 거절할 수밖에 없기도 합니다. 또 큰 출판사일수록 출간 제안의 양이 상당할 텐데요. 그렇다고 해서 거절을 위한 거절의 변을 반복하는 것만도 아닙니다. 어떤 상황에서도 옥석은 빛나기 마련이고, 출간 일정은 제안을 주신 작가 분의 양해를 얻어 조율할 수 있는 문제이기도 하니까요. 출판사마다 펴내고자 하는 책의 방향성이 모두 다르니 여러 출판사에 제안해 보길 바랍니다.

쉬어 가요 2.
글쓰기는 장비발-마법사의 귀마개

“아, 미안 미안. 오늘 좀 늦었지?”

선배 K가 헐레벌떡 뛰어와 앉습니다. 책 내는 비법을 배우겠다고 해서 특별히 주말 시간까지 뺐는데 감히 늦다니. 불같은 제 타박이 민망했는지 그가 얼른 차가운 커피를 들고 옵니다. 그리고 단숨에 들이켜 버립니다. 실은 그는 요즘 정신없는 날들을 보내고 있습니다. 얼마 전 태어난 둘째 때문입니다.

“그러니까, 육아는 장비발이라는 말이 딱 맞아.”

그는 민망했는지 왜 늦었나 구구절절 설명합니다. 그의 말을 빌리자면 새로운 육아용품들이 얼마나 빨리 업데이트되는지 모른답니다. 그 장비들에는 한 가지 공통점이 있는데 바로 육아 당사자의 시간과 노동력을 마법처럼 절약해 준다는 것!

“와, 그럼 시간과 노동력을 돈으로 사는 거네요.”

“이를테면 그런 거지. 글도 장비발 좀 세울 수 없나?”

“형, 그런 게 있으면 내가 당장 샀지.”

문득 선배 K의 상상처럼 글쓰기에도 장비발을 세울 수 있는 부분이 없을까 상상했습니다. 안 풀리는 문장을 뚫어 주는 마법 펜이랄지. 내가 자는 동안 내 원고를 알아서 작성해 주는 시카고 타자기랄지. 한번 앉으면 한 챕터 끝날 때까지 엉덩이를 붙잡아 주는 마법의 방석이랄지. 그보다 좀 더 현실적으로 누군가에게 내 글을 대신 써 주는 용역을 주는 건 가능할 것 같습니다. 그런데 그렇게 해도 그 글이 제 맘에 쏙 들지 모르겠네요. 결국 제가 쓴 게 아니니까요. 글쓰기는 장비발을 세우기 어려운, 정직하고도 고독하며 쓸쓸하면서도 참으로 솔직한 작업인 듯합니다.

"근데 형, 그러고 보니 나 요즘 장비발 세우고 있는 게 있었네."

그와 장비발에 관한 얘기를 하다가 문득 요즘 제가 애용하는 장비 하나가 생각났습니다. 이 글을 통해 굳이 이야기를 꺼내는 것도 어느 정도 효과를 봤기 때문입니다.

"그게 뭔데?"

그가 커피 얼음을 으드득 씹으며 시답지 않은 듯 물어봅니다.

"노이즈 캔슬링 헤드폰이요!"

"크크크. 그게 밤새도록 너 대신 글 써 주는 장비야?"

헤드폰은 저 대신 글을 써 주진 않지만 글을 쓰고 싶을 때 분위기를 만들어 주는 유용한 도구입니다. 글을 쓰기까지 마음먹기도 어려운데, 글을 쓰기 시작했을 때 주변이 시끄럽고 혼잡하다면 맥이 풀려 버립니다. 어쩌면 좋은 핑곗거리를 발견한 뇌가 '악마의 속삭임'을 시도하는 것인지도 모르겠습니다.

"이런 상황에서 무슨 글이야. 다음에 더 좋은 환경에서 집중해서 써."

이러한 메시지를 뇌가 우리에게 보내는 것이지요. 저는 주로 카페에서 글을 쓰는데요. 말처럼 질주하는 아이들을 만난다거나 오랜만에 친구들을 만나 침을 튀겨 가며 대화하는 이들이 주변에 있다면, 글쓰기는 어려워집니다. 그렇다고 그들을 탓하거나 그들에게 눈치를 줄 수는 없습니다. 카페는 사무실이 아니기 때문입니다. 오히려 카페에서 인상을 벅벅 쓰며 컴퓨터 작업을 하고 있는 이들을 보고 있노라면 저는 좀 민망해지기도 합니다. 아무튼 시끄러운 상황이면 보통 장소를 바꾸지만 막 글이 써지기 시작한 시점에는 이마저도 쉽지 않습니다.

“형, 이걸 쓰면 진짜 주변 소음이 싹! 사라져요. 이게 정말 신기하다니까요.”

김정운 교수는 그의 책《바닷가 작업실에서는 전혀 다른 시간이 흐른다: 슈필라움의 심리학》*에서 자기만의 공간인 슈필라움Spielraum에 대해 이야기했습니다. 그는 인간으로서의 자존감과 매력을 만들고 품격을 지키기 위해 슈필라움은 꼭 필요하다고 말합니다.

이러한 공간을 만들려는 것은 인간의 본능 같은 것입니다. 이런 공간은 요즘 세대에겐 이어폰이나 헤드폰을 통해서 실현되기도 합니다. 물리적 공간을 뛰어넘어 자신이 가는 곳 어디든지 자신이 통제하는 자기만의 공간으로 만드는 것이지요. 그런 면에서 푹신한 제 헤드폰은 어떤 장소에서도 어떤 자리에서도 나만의 온전한 공간을 확보할 수 있게 해 주는 필수 아이템입니다. 바로 저만의 슈필라움을 위해 말이지요. 굳이 산속의 암자로 들어가지 않아도. 굳이 사방이 벽으로 막힌 작업실에 틀어박

* 《바다가 작업실에서는 전혀 다른 시간이 흐른다: 슈필라움의 심리학》, 김정운 저, 21세기북스, 2019.

히지 않아도 만들 수 있는 내 공간. 글쓰기는 장비발이라는 말을 해도 되겠네요.

"형, 근데 진짜 무서운 게 뭔지 알아요? 이런 장비가 생기면 생길수록 뭔가 글이 안 써진다는 핑계를 대기가 힘들어. 숨을 곳이 없어진다니까요."

"아, 그러게. 나 이미 최저가 검색하고 있어. 글부터 써야 할 텐데……."

NEW 새로

3부.
계약과 탈고

1장. 출판사와 첫 번째 미팅, 대체 무슨 말을 해야 할까

이런 미친 추진력은 어디에서 나오지?

"실은 그동안 야금야금 써 봤어. 출간 제안서 말이야."

"우아, 진짜요? 어디 좀 봐요."

A4용지 여섯 페이지를 꽉꽉 채운 그의 제안서가 보기 좋게 탁자 위에 올려집니다. 그간 선배 K와 출간 제안서를 주제로 많은 이야기를 나눴습니다. 다양한 사례를 살펴보기도 했고요. 그렇게 방향을 잡아 가다 보니 몇 주라는 시간이 휘리릭 지났습니다. 지루했을 만도 한데. 제안서에는 앞서 설명했던 '출간 제안서의 일곱 가지 요소'가 알토란같이 채워져 있습니다. 칼을 갈고 준비한 것 같네요. 역시 그는 호랑이 새끼가 맞습니다.

"형. 이거 투자 설명회에 들고 가도 되겠는데요? 하하."

"에이, 농담 말고. 좀 어떤 것 같아?"

짧게 훑어봤습니다만 크게 흠잡을 만한 사항은 없는 듯합니다. 다만 너무 많은 분량의 제안서가 오히려 부담이 될 수도 있을 것 같다는 생각입니다. 조금 더 담백하게 하고 싶은 말들을 추리면 어떨까 싶네요.

"그리고 단락별로 소제목을 붙이면 더 좋을 것 같아요. 그냥 제목만 읽어도 눈에 딱 들어오게. 또 좀 혹할 만한 문장이었으면 좋겠는데요?"

예컨대, 기획 의도를 쓴 문단 위에 '뭐? 아버지랑 아들을 데리고, 남자 셋이서 여행을 떠난다고?'와 같이 호기심을 자극할 만한 소제목을 다는 것이죠.

"또 한 가지 말하자면, 이 책의 차별화 포인트를 아예 전면에 내세워서 별도 항목으로 구성하는 건 어때요? '은퇴한 아버지와 아들을 데리고 떠나는 '어색한 여행!' 뭐 이렇게?"

차별화 포인트는 그간 출간 제안서에 대해 얘기를 나누며 항상 강조했던 부분입니다.

"아! 그런데 이건 뭐예요? 원고를 모두 인쇄한 거예요?"

제안서 말미에 눈에 띄는 이미지가 있어 물었습니다. 책의 형태로 이미 출력해서, 임시로 책을 만들어 본 모양입니다. 출력물을 사진으로 찍어 제안서에 첨부했습니다. 그냥 이대로 서점에서 팔아도 될 것 같은데. 이런 능력은 대체 어디서 나오는 걸까요. 회사에서 10년이 넘게 보고서만 주구장창 쓰던 그가 득음을 하듯 마침내 글을 뽑어낸 모습에 놀랐습니다.

"형, 이런 정성이면 나라도 혹하겠다. 정리해서 얼른 출판사에 보내 보자고요."

출판사를 만나면 딱 네 가지만 기억하자

"실은 말이야. 이미 몇 군데 보내 봤어. 하하."

"그래서? 답장이 왔어요?"

"응, 두 곳에서."

출판사 두 곳에서 직접 만나 보고 싶다는 연락이 왔다네요. 고작 몇 군데 출판사에 메일을 돌렸을 뿐인데 이런 회신을 받다니. 분명 긍정적 신호입니다. 이거 정말 시작이 좋습니다.

"그런데 말이야. 막상 출판사를 만나려니 긴장되네. 만나서 무슨 말을 해야 할지도 모르겠고."

선배 K가 동그란 안경 뒤로 눈동자를 굴리며 말합니다. 사실 그는 처음 보는 사람에겐 낯을 가립니다. 한때 옆 팀 직원이 목소리를 처음 들어 봤다며 놀랄 정도였으니 말이지요. 그런 그였기에 출판사와의 만남이 적잖게 부담되었을 겁니다. 그에게 힘을 주고 싶습니다.

"형, 심플하게! 출판사를 만나면 딱 네 가지만 확인해요."

첫째. 내 글에 대한 애정이 얼마나 있나

작가는 단번에 알 수 있습니다. 내 앞에 앉아 있는 사람이 내 글을 얼마나 읽었는지, 얼마나 분석했는지, 분석을 통해 어떤 생각을 하게 되었는지 말이지요. 그것은 글에 대한 애정을 나타내는 것뿐만 아니라, 비즈니스 파트너로서 상대방을 만나기 위한 태도의 차이를 드러내는 것이기도 합니다. 애써 쓴 글이 심드렁한 편집자에게 넘어간다면 출판 과정에서 마음고생할 수 있습니다.

"저도 출판하며 그런 느낌을 받은 적 있거든요. 그래서 진짜 잘 맞는다고 생각하는 출판사가 아니라면 굳이 서두를 필요는 없다고 봐요."

원고를 받고 그만저만한 태도를 보이는 출판사 입장도 충분히 이해는 갑니다. 냉정하게 말해, 새내기 작가의 글이 출판사에 큰 기여를 하기 어렵기 때문입니다. 그리고 출판사 편집자에게 오늘은 반복되는 일상일 뿐이며, 눈앞의 작가는 수도 없이 만난 많은 작가 중 한 사람일 수 있습니다.

"아, 씁쓸하네. 그런데 다 그런 건 아니지?"

"그럼요!"

실례로 제가 출간한 《단지 결혼을 하고 싶은 건데 이게 다 무슨 일이래요》의 첫 번째 담당 미팅 때 얘기를 하고 싶네요. 미팅에 출판사 대표와 담당 편집자가 나왔는데, 깨알같이 피드백을 정리해서 저에게 전달해 줬습니다. 책 몇 권을 내며 출판사 여러 곳을 만나 봤는데요. 첫 번째 미팅에서 그렇게 꼼꼼하게 글로 정리된 피드백을 받아 본 적은 처음이었습니다. 좀 감동적이었다고 할까요!

정리된 피드백뿐만 아니라 일러스트레이션을 적절히 사용하면 좋겠다는 의견을 주기도 했습니다. 그렇게 일러스트레이터

후보군까지 추려 왔더군요. 제 글을 꼼꼼히 읽고 좋은 아이디어까지 주다니! 이런 편집자를 만나는 일은 기쁘고 흥분되는 경험입니다. 누군가와 비즈니스를 해야 한다면 이렇게 준비된 사람과 하고 싶다는 마음이 듭니다. 그리고 작가의 글에 애정을 가지고 철저하게 분석한 카운터 파트너일수록 좋은 결과물을 만들어 낼 것이라는 믿음이 있습니다.

둘째. 출간 방향성을 맞춰 갈 수 있나

출판사와의 첫 번째 미팅 자리에선, 출판사에서 생각하는 최종 결과물은 어떤 모습일지 확인해 볼 필요가 있습니다. 최초에 내가 기획했던 방향과 출판사에서 생각하는 방향이 일치한다면 별 문제가 없습니다. 그러나 서로가 생각하는 방향이 다르다면 문제가 될 수 있습니다.

예컨대, 내가 생각한 책은 마케팅 실무자를 위한 경영서였는데, 출판사에서는 입문자를 위한 자기 계발서를 생각할 수 있습니다. 또한 내가 기획한 것은 여행 에세이였는데 출판사가 생각한 것은 여행 정보서일 수도 있습니다. 이럴 경우, 미팅 자리에서 대화를 통해 그 간격을 좁혀 갈 수 있을지 타진해 보는 게 좋습니다. 출판 편집자는 시장을 보는 눈이 작가보다 뛰어납니다. 따라서 어떻게 출판해야 잘 팔릴 수 있는지 경험과 직감을 통해 잘 알고 있습니다. 그렇다고 출판사에서 제시하는 방향을 무조

건 따르기만 할 필요는 없습니다.

"결국, 내가 어떤 책을 만들고 싶느냐가 제일 중요하니까요."

첫 번째 미팅 자리에서 꼭 합일점을 찾아야 할 필요는 없습니다. 서로가 생각하는 방향에 대해 허심탄회하게 얘기하고 서로의 입장을 알고 돌아가 시간을 갖는 것도 좋은 방법입니다.

"실제로 제가 《세상의 서쪽 끝, 포르투갈》 출간을 준비할 때, 한 출판사에서 정보를 대폭 보강한 형태로 책을 내자고 제안해 왔어요."

그렇게 첫 번째 미팅을 가진 뒤 고민하는 시간을 가졌습니다. 그리고 아쉽지만 해당 출판사와의 계약은 불발되었습니다. 제가 추구한 방향성과 간극을 좁히지 못했던 것이지요. 저는 여행 정보는 검색을 통해서 쉽게 찾을 수 있는 내용이라고 생각했습니다. 그런 것을 책에 모아 놓는다고 해서 제 책만의 차별성을 갖기는 어려울 거라고 판단했어요. 출판사와의 첫 번째 미팅에서 서로가 생각하는 결과물에 대한 충분한 대화와 입장 교환은 필수적이며 중요한 문제입니다. 앞으로의 모든 과정에 영향을 미치게 될 부분이기 때문입니다.

"그래서 형이 생각하는 출간 방향성에 대한 입장을 정리해서 미팅에 참석하는 걸 추천해요. 꼭!"

셋째. 계약 조건은 어떻게 되나

첫 번째 만남부터 출판사에서 계약서를 들고 나오는 경우는 거의 없습니다. 그러나 인세, 일정 등 주요 내용은 꼭 확인하고 협의하는 것이 좋습니다. 먼저 인세부터 말하자면, 일반적으로 통용되는 인세는 책 정가의 약 10%라고 보면 됩니다. 이는 유명작가부터 초보 작가까지 동일합니다. 다만, 데뷔작을 내는 작가에게 약 8% 정도의 인세를 지급하는 출판사도 있습니다. 중쇄를 찍어 감에 따라 인세가 올라가고 성과 보상금을 지급하는 곳도 있습니다.

"아, 그렇구나. 근데 그걸 내가 먼저 물어봐야 하나?"

보통 초면에 돈 얘기를 꺼내는 것을 민망해하는 분도 있습니다. 하지만 저는 생각이 좀 다릅니다. 출판사와의 만남은 엄연한 비즈니스 미팅 자리이며, 계약을 전제로 합니다. 계약 당사자가 그 조건에 대해 충분히 대화하는 건 기본적인 것이고요.

"일반적으로 출판사에서 먼저 말할 텐데 형이 먼저 물어봐도 괜찮아요."

인세는 보통 계약금 형식으로 '선인세'를 지급받게 됩니다. 100만 원, 200만 원. 이런 식의 금액을 계약서 작성 후 받습니다. 그러고 나서 판매량에 따라 인세율만큼 반기별 정산을 하기도 하고 연정산을 하기도 합니다.

다음으로 '출간 일정'은 출판사와 꼭 협의하길 추천합니다. 보통 간과하기 쉬운 부분입니다만 새내기 작가의 출간 일정은 계획보다 밀리는 경우가 많습니다.

“형도 잘 알겠지만, 계약했다고 해서 책이 뿅 하고 나오는 게 아니거든요. 계약과는 별개로 출판이 불발되기도 하고요.”

넷째. 비즈니스의 기본을 지키나

가장 기본적인 게 가장 중요한 것일 수 있습니다. 첫 번째 만남인 만큼 서로에 대한 배려와 예의를 지키는 건 필수입니다.

“응 그렇지. 근데 그걸 잘 안 지키는 곳도 있나?”

“대부분 상식선에서 머무르죠. 근데 어디까지가 상식인지는 사람마다 다 다른 거 알죠?”

제 사례를 말하자면, 첫 번째 미팅 몇 시간 전에 약속 취소 통보를 받은 적도 있습니다. 급한 사정이 있다면 그럴 수 있지만 당시 제 기억으로는 납득할 만한 사정이 아니었습니다. 이건 출판사뿐만 아니라 작가도 조심해야 할 부분입니다.

회사라는 울타리 안에서만 생활하다가 ‘나’라는 독립된 사업 주체로서 참석하는 것이니만큼, 출판사와의 미팅은 모든 것이 낯설었습니다. 내가 가지고 있던 직함, 직위, 사회적 관계망. 이런 것들 전혀 없이 그저 원고와 제안서를 들고 벌벌 떨고 있는 새내기 작가일 뿐이었죠.

“그래도 난 이게 진짜 의미 있는 시간이라고 봐요. 지금까지와는 달리 ‘나’ 주식회사의 첫걸음을 떼는 것이니까요.”

정리

출판사와의 첫 번째 미팅에서 확인해야 할 것 네 가지에 대해 알아봤습니다. 숫기 없는 선배 K도, 출판사와의 새로운 만남이 부담되는 새내기 작가님도. 아래 네 가지 사항만은 꼭 기억하고 출판사 미팅에 나간다면 든든하지 않을까요.

내 글에 대한 애정이 있나?
출간 방향성을 맞춰 갈 수 있나?
계약 조건은 어떻게 되나?
비즈니스의 기본을 지키나?

"참, 형! 출판사 미팅 때 새로 명함 하나 파서 가는 걸 추천해요. 처음 시작하는 거니까."

작가의 정의가 무엇이냐 갑론을박이 있을 수 있습니다. 저는 스스로를 작가라고 정의하면, 그리고 글을 쓰기 시작했다면 이미 작가가 된 거라고 생각합니다. 출판계에 발을 디디기 위한, 그 첫 번째 미팅을 앞두고 있는 만큼 소소한 의식을 하나 치르면 어떨까요. 전쟁에 나가는 장수가 갑옷에 행운의 장식을 다는 마음으로. 그렇게 '작가' 명함 하나 파 보는 것도 새로운 즐거움이 될 겁니다.

어쨌든 이제 선배 K는 출판사와의 설레는 만남을 코앞에 두고 있네요. 빠르면 수일 안으로 계약서를 쓰게 될지도 모르겠습니다. 다음 편에서는 선배 K에게 실질적인 도움이 될 수 있도록 계약할 때 알아야 할 4단계에 대해 얘기하겠습니다.

2장. 꼭 알아야 할 출판 계약 4단계

저작권과 출판권

앞서 '구름빵' 사건에 대해 말씀 드렸는데요. 저작권과 관련해서 또 한 차례 세상을 떠들썩하게 한 사건이 있었습니다. 바로 이상문학상 수상자 세 명이 상을 거부한 일입니다.

"기사에서 잠깐 본 것 같긴 한데. 왜 그런 거야?"

저작권 문제 때문입니다. 이상문학상 우수상 수상자는 3년간 저작권을 출판사 측에 양도한다는 계약 조건이 있었다고 하네요. 작가 입장에서는 불합리하다는 의견이 있었지요. 이런 의견을 지지하며, 전년도 대상 수상자는 절필 선언까지 했습니다.

"와, 그런 일이 있었구나. 그래서 어떻게 됐어?"

결국 출판사 측에서 한발 물러섰습니다. 3년간 저작권 양도라는 조항을 없애고, 대신 1년간 출판권을 설정한다는 내용으로 계약 조건을 변경했고요. 일련의 과정에서 일어난 일들에 대한 책임을 지고 2020년에는 이상문학상을 발표하지 않겠다는 입장도 밝혔습니다.

"저작권 양도에서 출판권 설정으로 바뀐 거네? 둘 간의 차이가 정확히 뭐야?"

'저작권'은 저작물을 만든 사람이 갖게 되는 포괄적 권리를 말합니다. 작가에게는 글이 저작물이지요. 저작물을 사용하려면 저작권자에게 허락을 받고 사용해야 하며, 그렇지 않을 경우 위법 행위가 됩니다. 사전적 정의를 보면 아래와 같습니다.

저작권: 인간의 사상 또는 감정을 표현한 문학, 예술, 학술에 속하는 창작물에 대하여 저작자나 그 권리 승계인이 행사하는 배타적 독점적 권리. 저작자의 생존 기간 및 사후 70년간 유지된다.[출처: 국립국어원 표준국어대사전]

반면, '출판권'은 저작권자가 출판사에게 부여한 출판할 수 있는 권리입니다. 이런 출판권을 얻기 위해서 출판사는 당연히 저작권자와 계약을 맺어야 합니다. 또한 출판권은 계약서상에 명시된 범위와 기간으로 제한됩니다. 간단히 사전적 정의를 보면 아래와 같습니다.

출판권: 어떤 저작물을 인쇄하고 간행할 수 있는 권리. 저작권자가 설정 행위에 의하여 출판권자에게 부여하는 권리. 저작물을 원작 그대로 복제하여 발매 분포하는 독점권으로, 출판권자에게는 제삼자에게 복제를 허락할 권리가 없다.[출처: 국립국어원 표준국어대사전]

결국 저작권을 전부 출판사에 양도하는 것은 작가에게 유리한 조건이 아닙니다. 저작재산권자의 주요 권리가 출판사로 양도됨에 따라 출판물이 흥행하더라도 그에 대한 성과를 충분히 보상받지 못할 수 있기 때문입니다. 또한 출판뿐아니라 다른 형태의 상업적 활용이 작가 동의 없이 이뤄질 수 있고요.

"저작권이 작가 입장에서는 진짜 중요한 부분이네."

"그렇죠. 애써 쓴 저작물을 지킬 수 있는 권리니까요."

"그런데 새내기 작가면 어쩔 수 없는 부분도 있는 거 아냐? 그 조건 없이는 계약 안 하겠다고 하면 어떡해?"

"진짜 중요한 건, 그런 조항이 있는지 없는지 아는 것이에요. 유불리를 따져서 그걸 내가 감수할 것인지 아닐지 따져 보는 건 다음 문제라고 봐요."

표준계약서만 알아도 이미 노련한 작가

저작권과 관련된 사회적 이슈가 몇 차례 이어진 뒤 저작권자를 보호하기 위한 안전 장치들이 만들어졌습니다. 공정거래위원회는 상위 20개 출판사에 대해 저작권 양도 계약서 등 불공정 조항을 시정하도록 했습니다. 그리고 2차 저작물의 활용 범위는 별도의 계약서를 만들어 계약하도록 했습니다. 문화체육관광부도 '저작권 양도·이용 허락 표준계약서'를 마련해 발표했습니다.

계약을 하고 안 하고는 온전히 작가의 선택입니다. 하지만 계약서에 쓰여 있는 내용은 분명히 알고 서명할 필요가 있습니다. 그 내용이란 것이 알기 대단히 어려운 것도 아닙니다.

"그래도 난 일단 계약서는 좀 어려울 것 같아. 용어도 익숙하지 않고 결정적으로 지금 이 조항이 나한테 불리한지 유리한지 어떻게 알아?"

선배 K의 말이 맞습니다. 계약서에 등장하는 용어는 누구라도 부담스럽고 어렵게 느껴질 것입니다. 평소에 자주 접하는 문장도 아니거니와 출판계에서 사용하는 '저작권' '저작인격권' '공중송신권' 등 생경한 용어도 등장하기 때문입니다.

"아, 그런데 그걸 진짜 쉽게 해결할 수 있는 방법이 있어요!"

"쉽게?"

딱 4단계만 그대로 따라 하면 됩니다. 초보자도 쉽게 따라 할 수 있는 계약 방법 4단계를 지금 공개합니다.

1단계. 표준계약서 다운로드

'한국출판문화산업진흥원'에서 표준계약서라는 걸 만들어 뒀습니다. 출판 계약을 하려면 어떤 조항이 어떻게 들어가야 하는지 알려 주는 일종의 가이드인 셈이지요. '출판문화산업진흥법'에 의해 설립된 공공 기관에서 제공하는 것이니만큼 작가에게 크게 불리하지 않을 거라는 믿음이 갑니다.

"아, 그럼 표준계약서를 기준으로 삼으면 되겠네."

"그런 셈이죠. 여기 사이트가 있고, 친절하게 설명도 영상으로 돼 있어요. 자, 이건 빼먹지 말고 꼭 메모!"

선배 K처럼 출판사와의 계약을 앞둔 분이라면 꼭 아래 사이트에서 표준계약서를 내려받기 바랍니다.

한국출판문화산업진흥원

- 웹 사이트 www.kpipa.or.kr
- 표준계약서 www.kpipa.or.kr/info/publisherFormDown.do

2단계. 표준계약서와 출판사의 계약서 비교하기

계약이 진행될 경우, 먼저 출판사에서 계약서 파일을 보내옵니다. 출판사의 권리를 보장하고 출판사 리스크를 최소화할 수 있는 방식으로 구성돼 있을 겁니다. 그다음은 어떻게 해야 할까요? 우리에겐 표준계약서가 있으니 걱정할 필요가 없습니다. 미리 내려받은 표준계약서와 문장 하나하나를 비교해 나갑니다. 혹시 빠진 조항이 있는지, 또 덧붙은 조항이 있는지 비교합니다. 차이가 있는 조항에는 형광펜을 긋습니다. 눈에 확 들어오게! 그럼 출판사에서 해당 부분을 어떻게 수정했는지 쉽게 확인할 수 있습니다.

"형광펜 표시한 부분만 보면서 이게 무슨 내용인지 따져 보면 되겠네?"

"그렇죠. 그 차이 나는 부분을 꼼꼼히 따져 본 다음 결정해야 해요."

"무슨 결정?"

"내가 그 부분을 감내할지 아니면 계약 조항 변경을 요청할지 말이죠."

3단계. 출판사와 의견 조율

출판과 관련된 다른 책에서 계약에 대해 언급한 내용을 본 적이 있습니다. 그 책에선 출판사가 계약서를 변경하는 경우는 거의 없다고 말합니다. 오랜 기간 정형화된 자사의 양식이니 그럴 수 있습니다. 그런데 계약은 비즈니스의 시작입니다. 게다가 작가 개인은 출판사라는 기업과 계약을 맺는 것입니다. 약자일 수밖에 없는 작가를 만약의 상황에서 지켜 주는 건 바로 이 계약서뿐입니다. 때문에 계약서 내용 중 의문이 든다거나, 조항 변경이 필요한 경우 전화나 이메일로 문의하면 됩니다. 무슨 말인지 잘 모르겠으니 만나서 설명을 해 달라고 하거나 표준계약서에 비해 작가에게 너무 불리해 보이니 수정해 달라고 요청할 수도 있습니다.

"형. 그럼 다시 출판사에서 답이 올 거예요. 그리고 스스로 만족할 때까지 2단계와 3단계를 반복하는 것이죠."

"근데 보통 이런 걸 수정해 달라고 하면 잘 응해 주나? 자꾸 요청하면 싫어할 것 같아서."

저는 주저 없이 출판사에 문의하고 요청하라는 입장입니다.

저와 함께 일한 출판사의 경우, 문의는 물론이고 계약 조항 수정 요청도 '쿨하게' 받아들였습니다.

4단계. 계약 서명/날인하기

2, 3단계를 반복하며 출판사와 작가 모두 동의하는 계약서가 완성되었다면 이제 서명할 차례입니다. 보통은 출판사에서 먼저 날인한 원본 계약서를 보내옵니다. 거기에 서명 또는 날인하고 한 부는 작가 본인이 보관하면 됩니다. 나머지 한 부는 출판사로 다시 보내면 되고요.

"대면한 자리에서 날인하기도 하는데요. 저는 총 네 번의 계약서를 쓰면서 딱 한 번을 제외하고는 다 우편으로 보냈네요."

정리

이 글에서는 계약의 중요성에 대해 살펴봤습니다. 또한 표준계약서가 어떤 것인지 어디서 내려받을 수 있는 것인지 확인했습니다. 표준계약서를 활용해 실제 출판사와 어떻게 계약을 맺을 것인지 구체적인 4단계 방법에 대해서도 얘기했습니다.

1단계. 표준계약서 다운로드

2단계. 계약서 비교하기

3단계. 출판사에 의견 보내기

4단계. 계약서에 서명/날인하기

비즈니스는 계약으로 시작된다는 말이 있습니다. '나'라는 개인이 사업 주체가 되어 처음 출판 계약을 맺는 것이니만큼 그 첫 단추를 잘 끼우기 바랍니다.

"아 맞다! 그런데 그렇게 표준계약서를 보고도, 그리고 출판사의 대답을 듣고도 여전히 석연치 않은 부분이 있으면 어떻게 해? 어쩐지 그럴 것 같단 말이지."

그럴 땐 법률 상담을 받으면 됩니다. 상당히 비쌀 텐데 뭐 그렇게까지 하느냐고 물을지 모르겠습니다. 그러나 무료로 법률 상담을 받을 수 있는 곳이 있습니다. 게다가 저작권을 전문으로 다루는 기관에서 말이지요. 다음 편에서는 그 방법에 대해 구체적으로 다루겠습니다. 멋진 창작물을 만들어 그 권리까지 야무지게 지켜 나가는 여러분이 되길 바랍니다.

편집장 M의 팩트 체크

Q) 보통 표준계약서를 기준으로 계약서를 작성하나요?

A) 표준계약서를 기준으로 각 출판사 상황에 맞춰 조금씩 변형해 사용합니다. 요즘에는 작가에게 현격하게 불리한 조항을 넣는 출판사는 거의 없으리라 믿습니다만. 그래도 표준계약서와 해당 출판사의 계약서를 꼼꼼히 비교해 본다면 작가 입장에선 분명 도움이 되겠지요. 충분한 시간을 갖고서 검토하고, 의문을 품고, 또 그 의문을 해소해 나가며 첫 계약을 성사하길 바랍니다.

3장. 모르면 당하는 저작권 분쟁 -무료 법률 상담 꿀팁 대방출

작고 빠른 성공이 필요한 이유

"벌써 출판사를 만나 봤다고요? 무려 세 군데? 와, 빠르네."

"응, 그렇지? 근데 좀 고민이 되네."

처음으로 출간에 도전하는 선배 K. 일전에 만났을 때보다 무려 한 군데가 늘어난, 총 세 곳과 미팅을 진행했다고 합니다. 짧은 시간 동안 참 많은 일을 했네요. 추진력 하나만큼은 확실합니다. 빠르면 올해 안에 그의 이름이 턱 하고 박힌 책을 서점에서 볼 수 있겠네요. 그런데 그의 고민은 과연 무엇일까요.

"한 군데는 너무 영세해 보인단 말이지."

"얼마나 영세한데요?"

"출판사 편집장 출신이 나와서 차린 1인 기업 같더라고. 그래서 내가 충분한 지원을 받을 수 있을지 모르겠어."

그의 말을 찬찬히 들어 보니 첫 번째 출판사에는 그다지 마음이 없어 보이네요. 그럼 두 번째는 어땠을까요.

"두 번째 출판사는 내가 쓴 책의 방향을 바꿨으면 하더라고."

"어떻게요?"

"내가 쓴 글이 여행 에세이잖아. 근데 여행보다는 가족 얘기에 초점을 맞췄으면 하더라고. 어머니가 돌아가신 후에 삼대가 여행을 떠나게 된 계기 같은 거 있잖아. 이런 얘기를 더 했으면 하더라.”

“아, 그럼 좀 더 폭을 넓히고 싶은가 보네요. 그것도 나쁘지 않은데 공사가 커지겠어요.”

선배 K로부터 두 번째 출판사 얘기를 들어보니 고민이 될 것 같습니다. 그럼 마지막으로 세 번째 출판사가 어땠는지 들어 봐야겠습니다.

“세 번째는 마침 어제 만나고 왔어. 나쁘지 않은 것 같아. 여행책을 몇 권 낸 경험도 있고.”

“오. 잘됐네요. 근데 뭐 걸리는 게 있나요?”

“응. 여기도 좀 작은 출판사라서. 얼마나 잘 지원해 줄지 모르겠어. 그래서 고민 중이야.”

이제 선배 K가 결정만 하면 될 것 같습니다. 모두 다 거절하고 맘에 꼭 드는 출판사가 나올 때까지 계속 제안하는 방법도 있습니다. 그러나 첫 번째 도전이니만큼 바로 출판에 착수할 수 있는 곳을 선택했으면 합니다. 선배 K가 일단 작은 성취를 경험했으면 하는 바람에서요. 세상 모든 일이 그런 것 같습니다. 처음 해 보면 어떻게 해야 하는지 모르겠고, 이게 맞는지 언제까지 할 수 있을지 안갯속을 걷는 기분입니다. 그러다가 작은 실패를 만나면 포기하고 싶어집니다. 기약 없이 성공만을 좇을 수는 없으니 말이지요. 저는 그런 좌절을 극복하기 위해 작지만 빠른 성공 경험이 큰 도움을 준다고 봅니다. 어설프지만 일단 한번 끝까지 마무리하고 나면 자신감이 붙을 수 있으니까요. 그런 경험을 지렛대 삼아 또 다른 성공 경험을 쌓아 가면 됩니다. 이걸 성공 자산이라고 부를 수 있겠네요. 성공 자산을 쌓다가 어느 틈에 뒤돌아보면, 확실히 예전의 모습과 다른 내 모습을 볼 수 있을 겁니다.

"처음이 어렵지 나중에는 가속도가 붙어서 두 권 세 권 낼 거예요. 하하."

작가도 출판사를 선택해야 한다

"형! 내가 보기엔 이제 형만 마음먹으면 되는 거니까. 진짜 출판이 코앞이네요."

선배 K가 멋쩍은 웃음을 지으며 그간 출판사 사람들을 만난 얘기를 쏟아 냅니다. 출판사 사장과 식사를 한 얘기, 고집 센 편집장에 대한 얘기, 만나서 먹은 음식에 대한 얘기, 미국 여행과 캐나다 여행의 차이에 대한 얘기, 어머니가 돌아가시고 가족들의 생활이 어떻게 변했는지에 대한 얘기 등. 듣고 있자니 처음 만난 출판사 사람들과 별 이야기를 다 했다 싶네요. 어쨌든 그렇게 말하는 선배 K의 모습을 보고 있자니 분명 신나 보입니다. 꼭 얼마 전 차를 사기 직전 자동차 스펙을 줄줄 읊는 그의 모습 같달까요.

"근데 형. 출판은 빨리 진행하되, 출판사는 잘 골랐으면 해요. 안 그럼 맘고생해요."

선배 K의 이야기를 한참 듣다 꼭 해 주고 싶은 말이 생각났습니다. 저도 몇몇 출판사를 겪다 보니 당연하게도 다들 내 맘 같지 않다는 걸 알게 됐습니다. 특히 시간과 노력을 쏟아부어 써 내려간 원고를 가볍게 대하는 곳을 볼 때면 힘이 쭉 빠집니다.

한창 회사 입사 면접을 다닐 때 생각도 나네요. 여러 회사를 만나 같은 얘기를 반복하다 보면 그 회사만의 분위기라는 게 느껴집니다. 그 분위기 속에 나를 끼워 넣는 상상을 합니다. 내가 이곳에서 잘 지낼 수 있을지. 회사에서 직원을 뽑는 자리이지만 그렇게 직원도 회사를 선택합니다. 나와 맞지 않는 분위기, 내가 일하기 어려운 느낌이라면 그 회사를 선택하지 않는 게 맞을 겁니다. 책을 내려는 작가도 마찬가지입니다.

작가가 먼저 출간을 제안했지만, 작가도 출판사를 골라야 합니다. 이곳에서 내 책이 나왔을 때 어떤 느낌일지 상상해 보는 것이지요. 안 그럼 출판 기간 내내 스트레스를 달고 살아야 할지 모릅니다. 출판은 최대한 빠르게 진행하되 출판사를 잘 골라야 하는 이유입니다.

모르면 당하는 저작권 문제

"근데 말이야. 출판사에 원고를 넘기려고 마지막으로 보면 볼수록 궁금한 게 생기더라고. 대체 인용은 어디까지 가능한 거야? 네 책을 보니까 챕터 시작할 때 그에 딱 맞는 인용으로 시작하는 게 참 재미있더라고. 이건 일일이 원저자와 협의를 해야 하는 거야? 아니면 그냥 출처 표기만 칼같이 잘하면 되는 건가?"

좋은 질문입니다. 이제 세상에 책을 공개할 준비를 해서 그런지 선배 K도 현실적인 질문을 하기 시작하네요. 저작권이야말로 작가가 꼭 알아 둬야 할 부분입니다. 남의 글을 잘못 인용해서 소송에 걸리면 자칫 출판된 책을 전량 회수해야 할 수도 있습니다. 이는 계약서에도 분명하게 명시돼 있는데, 계약을 떠나 저자라면 당연히 알고 지켜야 하는 기본적인 규칙이 바로 저작권입니다.

최악의 시나리오를 말했습니다만 사실 그렇게 걱정할 필요는 없습니다. 기본 가이드만 머릿속에 잘 담아 놓고 있으면 분쟁이 일어날 일은 거의 없기 때문입니다. 인용 범위와 인용하는 방식에 대해 간단히 밝히고자 하는 이유입니다. 먼저 법으로 정한 저작물의 저작재산권 제한 경우를 살펴보겠습니다.

> '제28조(공표된 저작물의 인용) 공표된 저작물은 보도. 비평. 교육. 연구 등을 위하여는 정당한 범위 안에서 공정한 관행에 합치되게 이를 인용할 수 있다.' - 저작권법 제 28조 -

다수의 책은 교육 및 연구 목적으로 쓰인 경우라고 볼 수 있습니다. 따라서 정당한 범위와 공정한 관행만 잘 지킨다면 문제가 발생할 확률이 낮습니다. 그럼 '정당한 범위'와 '공정한 관행'이 무엇인지 살펴봐야 합니다. 이에 대한 답을 찾기 위해, 저는

‘한국저작권위원회’의 웹페이지를 살펴봤습니다. 직접 질문하고 답변을 받는 식으로 법률 상담을 받을 수 있습니다. 물론 무료이고요.

“제가 질문한 게 있는데 같이 볼까요?”

▼ 한국저작권위원회에 문의한 인용 저작권 문제

Q. 뉴스 기사, 웹페이지에 공개된 통계 수치를 인용해 책을 출판하고자 합니다. 출처를 표시하고 사용하면 저작권 문제가 없을까요?

A. 안녕하십니까, 한국저작권위원회 저작권상담팀 법률상담관 장△△입니다. 질의하신 내용에 대하여 답변드리겠습니다. 특정 창작물이 저작권법에 의하여 보호를 받기 위해서는 해당 창작물의 ‘표현’에 최소한도의 창작성이 인정되어야 합니다. 통계 수치의 경우 수집된 자료의 수치를 산정하여 일정한 체계에 따라 숫자로 나타낸 값이라는 점에서, 그 통계 수치가 내포하고 있는 정보 자체는 저작권법의 보호 대상이 아니나, 해당 정보를 저작자 본인만의 독자적인 ‘표현’에 의하여 나타낸 도표 등은 저작권법상 도형 저작물로 보호받을 수 있습니다.

저작권법 제4조(저작물의 예시 등) ①이 법에서 말하는 저작물을 예시하면 다음과 같다.

8. 지도·도표·설계도·약도·모형 그 밖의 도형저작물

따라서 질의의 경우 뉴스 기사나 웹페이지에 공개된 ‘통계 수치’를 이용하기 위해서는 저작권법상 이용 허락 규정(제46조)에 의해 그 저작권자에게 허락을 받아야 함이 원칙입니다. 다만 저작권법에는 “공표된 저작물은 보도·비평·교육·연구 등을 위하여는 정당한 범위 안에서 공정한 관행에 합치되게 이를 인용할 수 있다(제28조)”라는 저작재산권의 제한 규정이 있습니다. 이 규정에 해당하기 위하여는 인용의 목적이 보도·비평·교육·연구에

한정된다고 볼 것은 아니지만, 인용의 '정당한 범위'는 인용 저작물의 표현 형식상 피인용 저작물이 보족, 부연, 예증, 참고 자료 등으로 이용되어 인용 저작물에 대하여 주종적 성질을 가지는 관계(즉, 인용 저작물이 주이고, 피인용 저작물이 종인 관계)에 있다고 인정되어야 하고, 정당한 범위 안에서 공정한 관행에 합치되게 인용한 것인지는 인용의 목적, 저작물의 성질, 인용된 내용과 분량, 피인용 저작물을 수록한 방법과 형태, 독자의 일반적 관념, 원저작물에 대한 수요를 대체하는지 여부 등을 종합적으로 고려하여 판단하여야 합니다(대법원 2013. 2. 15. 선고 2011도5835 판결 참조).

한편, 위 인용 규정에 해당하기 위한 타인의 저작물 이용은 반드시 비영리적인 이용이어야 하는 것은 아니지만 영리적인 목적을 위한 이용은 비영리적인 목적을 위한 이용의 경우에 비하여 자유 이용이 허용되는 범위가 상당히 좁아집니다(대법원 2014. 8. 26. 선고 2012도10786 판결 참조). 아울러 질의상 행위가 위 인용 규정에 해당하는 경우 저작권자의 허락 없이 이용이 가능하지만 그 저작물의 이용 상황에 따라 합리적이라고 인정되는 방법으로 출처를 명시해야 함을 양지하시기 바랍니다(제37조). 질의 사안의 경우 통계 수치 자료를 '부수적으로 이용'하는 것이라면 저작재산권 제한 규정인 공표된 저작물의 인용(제28조)으로 해석될 수 있을 것이나, 이러한 행위로 인한 저작권 침해 책임 발생 여부는 구체적인 이용 정황 등을 종합적으로 고려한 법원의 판단이 필요하므로 허락 없는 이용은 상당한 주의가 필요함을 양지하시기 바랍니다.

이외 추가적인 설명이 필요한 경우 한국저작권위원회 저작권상담센터(1800-5455)로 연락 주시면 친절히 안내해 드리도록 하겠습니다. 감사합니다.

※ 우리 위원회 저작권 법률 상담은 저작권 문제로 어려움을 겪거나 법률 해석을 필요로 하는 국민들을 대상으로 다양한 저작권 환경에서의 법률적 판단 기준과 효과적인 문제 해결 방안을 제시하는 데에 의의를 두고 있습니다. 다만 우리 위원회는 유권 해석기관이 아니므로 상담이 제한적일 수 있으며, 상담 내용은 수사기관 및 법원의 판단과 다를 수 있는 점 양해 바랍니다.

한국저작권위원회 저작권상담팀 법률상담관 장△△ 드림.

"정당한 범위란 피인용 저작물이 부연, 예증, 참고 자료 등으로 사용되는 것을 말한다고 하네요."

쉽게 말해 제가 어떤 주장을 펴거나 설명할 때, 뒷받침 논거로 인용하는 것은 가능하다는 의미입니다. 즉, 제가 말하고자 하는 바가 '주'가 되고, 피인용한 문장이 '부'가 된다면 괜찮다는 것이지요. '정당한 범위'를 포함한 '공정한 관행'에 대해서는 인용의 목적, 저작물의 성질, 인용된 내용과 분량, 수록 방법과 형태, 독자의 일반적 관념 등을 두고 종합적으로 판단해야 한다고 밝히고 있습니다.

"그게 무슨 말이야?"

"무슨 말이긴요. 상식선에서 인용하라는 거죠. 사실 책을 낼 때 인용한 부분이 정 걸린다면 출판사를 통해 관련 저작권자에게 사전 협의를 하기도 해요. 그러니 너무 걱정하지 마세요. 물론 합리적인 방법으로 출처를 밝혀야 하는 것은 기본이 되겠지만요."

위의 답변 내용과 제 해석 모두 법원의 판단과 다를 수 있다는 점은 반드시 고려해야 합니다. 한국저작권위원회의 답변 내용에도 그 점이 분명하게 언급되어 있고요. 때문에 좀 더 자세한 해설을 위해서는 각 사례에 따른 법률 상담을 받아 보기 바랍니다.

"그리고 그동안 많은 사람들이 질문했던 내용들을 친절하게 모아 두기도 했더라고요. 우리들이 궁금한 건 대동소이할 테니, 출판하기 전에 읽어 본다면 도움이 될 것 같아요."

한국저작권위원회 웹페이지에서는 저작권 관련 기본 가이드뿐만 아니라 그간의 질문 사례들을 보기 좋게 정리해 두었습니다.

"끝으로 한 가지만 더! 인용할 때는 꼭 출처 정리를 꼬박꼬박해 두세요."

저 같은 경우는 피인용 문장이 포함된 책의 제목과 페이지를 모두 정리해 두었습니다. 그리고 사진으로 찍어서 이미지까지 모두 백업했습니다. 출판하는 과정에서 누군가가 출처에 대해 물어도 바로 확인할 수 있어서 효율적인 디비DB 관리가 가능해집니다.

"이걸 미리미리 안 해 두면 나중에 출판하면서 레퍼런스 확인하는 것도 일이 되더라고요."

법원에서 몰랐다는 말은 통하지 않습니다

법원과 변호사 사무실이 몰려 있는 2호선 교대역을 지날 때였습니다. 지하철 옥외 광고판에서 재미있는 문구가 눈에 들어왔습니다. 한 로펌의 광고였는데요. "법원에서 몰랐다는 말은 통하지 않습니다"라는 카피가 크게 박혀 있었습니다. 섬뜩한 말이긴 하지만 옳은 말입니다. 출판을 염두에 둔 분들이 저작권에 대해 기본적인 개념은 알고 있어야 하는 이유입니다. 저작권 침해 소지가 있는지 애매한 부분이 있다면 위에서 소개한 무료 법률 상담을 꼭 받아 보길 바랍니다.

"응. 정말 유용한 정보네. 벌써 메모했다."

선배 K가 특유의 꼼꼼함을 발휘해 본인의 노트에 적습니다. 독자 여러분도 '한국저작권위원회'는 꼭 기억해 두길 바랍니다.

김정운 교수는《에디톨로지》*라는 책에서 편집의 힘을 강조했습니다. 세상에 공개된 정보는 너무나 많으니 그것들을 연결해 새로운 '맥락'을 창조해 내는 역량이야말로 창작의 원천이라는 것이지요. 모든 정보가 공개된 세상에서 수많은 정보를 엮고 재해석하며 여러분만의 콘텐츠를 만들어 가길 바랍니다. 이를 위해, 저작권에 대한 개념을 확실히 익히는 게 필수겠지요.

---

* 《에디톨로지》, 김정운 저, 21세기북스, 2018.

4장. 알면 도움되는 내 책 마케팅

편집 과정에서 일어나는 일

선배 K가 출판사와 교정본을 주고받는 단계에 접어들었습니다. 교정본은 출판사가 작가로부터 받은 원고를 '편집한 버전'입니다. 이 편집은 한 방에 딱! 하고 끝나는 게 아니라 1교, 2교, 3교 등 단계별로 진행됩니다. 말하자면 버전 1.0, 2.0, 3.0이 되는 것이지요.

"1교는 숲을 보는 단계예요. 보통은 편집자가 책 전체의 구조를 보며 의견을 전달해요."

이때 챕터의 순서를 바꾸기도 하고, 일부 단락은 삭제 요청을 하기도 합니다. 보강이 필요한 내용이 있다면 작가에게 추가 집필을 요청하기도 하고요. 그렇게 책 전체 구조와 분량을 잡아가는 단계라고 보면 됩니다.

"그런데 교정 의견은 잘 왔어요? 벌써 1교 마무리됐다면서요."

선배 K가 1교 편집본을 받았다고 합니다. 큰 문제는 없는데, 여행 준비 과정에 대한 보완이 필요하다고 하네요. 그 부분을 조금 더 써서 전달하면 마무리될 것 같습니다. 여행 이야기이다 보니 글의 구조나 순서를 바꾸는 건 딱히 없어 보입니다. 그럼 이제 앞으로 어떤 과정을 거칠지 단계별로 알아보면 다음과 같습니다.

"2교에서는 1교보다는 좀 더 자세하게 들여다봐요. 각 문단 간 관계가 매끄러운지, 문장 구조는 괜찮은지 살펴보는 것이죠."

문단 구조를 바꾸기도 하고, 필요한 경우 문장 단위의 수정이 진행되기도 합니다. 이렇게 문장을 매끄럽게 바꾸는 과정을 윤문이라고 합니다. 좀 어려운 문장이 있다면 독자가 읽기 쉽게 바꾸기도 하고 모호한 표현이 있다면 좀 더 명확한 표현으로 바꿉니다. 그렇지만 작가의 고유한 문체를 바꾸지는 않습니다. 특히나 에세이의 경우에는 문학의 범주 안에 넣을 수 있는 글이므로 대대적인 수정은 없을 것입니다.

"마침내 3교가 되면 세세한 교정과 교열을 보고, 확정된 레이아웃도 다시 한 번 살펴요."

이 단계에서는 책의 전체적인 구조와 분량이 어느 정도 확정된 상태입니다. 비문이나 오탈자를 찾으며 교정과 교열 작업을 진행합니다. 사전에 협의된 일러스트나 표, 사진의 최종 위치도 마지막으로 점검합니다.

"3교까지 마무리하면? 이제 책이 나오기 직전인 거죠. 훗."

선배 K가 곧 있을 편집 과정을 상상하며 흐뭇해합니다. 생애 첫 출간을 앞둔 초보 작가의 설레는 표정입니다. 생각해 보면 책이 나오기 직전의 기분은 책을 출판하는 과정 중 가장 큰 기쁨인 듯합니다. 그간 고생하며 쓴 글이 이제 진짜 마무리되었다는 성취감도 있고, 내 책이 어떤 모습으로 나올지 호기심이 끝까지 차오르는 기분도 들고요.

이 단계에서 진짜 집중해야 할 건?

"그런데 형. 설렘과 기쁨을 충분히 누리는 건 좋은데. 여기서 진짜로! 꼭! 기필코! 마침내! 해야 할 일이 있어요. 어쩌면 지금까지 글을 써 온 것보다 더 중요한 일일 수 있고요."

"응? 지금 단계에서? 뭔데?"

흐뭇하게만 듣고 있던 선배 K가 의아한 듯 묻습니다.

"지금 단계에서, 내 책을 어떻게 팔지 마케팅을 준비해 두는 게 좋아요."

실은 이게 정말 중요한 부분인데 많은 초보 작가들이 놓치는 부분이기도 합니다. 일단 계약하고 나면 너무 기쁜 나머지 내 책이 어떤 모습으로 나올까에만 푹 빠져 지냅니다. 내 책이 전국 서점 매대에 깔리게 될 행복한 상상만 하는 것이지요.

그런데 앞서 말했듯 내 책이 태어나는 날 동시에 태어나는 출판 동기 친구들이 무려 140여 명, 아니 140여 권입니다. 그리고 다음 날 또 140, 그 다음 날 또 140. 이렇게 계속 쌓이다 보면 아마도 내 책은 서점 신간 코너에 잠깐 머물다가 사라질지 모릅니다.

"신간이 나왔을 때 몇 주 반짝 서점 평대에 노출되고요. 그다음에는 바로 서가로 꽂히거나 아예 서점 재고에서 빠져 버리는 경우도 많아요."

사람들에게 기억되지 못한 채 그런 식으로 수많은 책들이 사라져 갑니다. 매일 140종의 책이 새로 들어오는 서점 입장에서는 당연한 조치입니다. 그렇게 초보 작가는 책을 내고 부푼 꿈에 사로잡혔다가 이내 잊혀져 가는 자기 책을 쓰라린 마음으로 보게 됩니다.

“그러니까 결국 마케팅을 하지 않으면 신간이 잊히는 건 시간 문제란 말이죠. 그래서 형! 진짜 절박하게 준비해야 돼요, 마케팅은.”

물론 출판사에서도 그리 호락호락 당하고 있지만은 않습니다. 내 책 마케팅을 위해 출판 마케팅 전문 인력들이 칼을 갈고 준비합니다. 마케팅 비용을 써 가며 더 많이 회자될 수 있도록 노력합니다. 출판사가 운영하는 각종 SNS나 온라인 채널에 노출은 기본이고, 포털에 사전 연재를 하기도 하고 서평단을 운영하기도 합니다. 보도자료를 만들어 뿌리고 광고비를 써서 대형 서점 광고판에 노출할 수도 있습니다.

작가만이 할 수 있는 영역

“그런데 그것만으론 약해요. 작가가 나서야 하는 부분도 분명 있거든요.”

출판사가 홍보하면 뭔가 상업적으로 보이는데 작가가 나서서 직접 자기 얘기를 하면 좀 더 진정성이 있어 보입니다. 출판사에서 할 수 있는 게 있고, 또 작가가 할 수 있는 영역이 있는 셈이죠. 특히나 다양한 사회 관계망 채널이 존재하는 요즘엔 더 그렇습니다. 작가가 개인 SNS를 통해 책을 홍보하는 건 아주 흔한 일이죠. 그런데 그런 것 말고도 플러스알파가 있다면 더 좋을 것 같습니다.

"그래서 저는 손 편지를 썼어요. 크하하하. 연애할 때도 잘 안 쓰던 건데."

"누구한테 손 편지를 써?"

"누구냐면 인플루언서한테요. 온라인상에서 영향력이 있는 사람이나, 제가 그간 팔로잉을 하며 좋아했던 사람들한테 보내는 거죠."

"일면식도 없는데?"

"형. 출간 제안서는 일면식 있는 출판사에 보냈어요? 그냥 부딪히는 거지. 아님 말고."

사실입니다. 어떻게 하면 잘 팔아 볼까 고민하다가 생각해 낸 아이디어가 손 편지였습니다. 예전에 스마트 스토어를 막 시작한 사업가가 고객들 한 명 한 명한테 손 편지를 썼다는 얘기를 들었거든요. 광고비를 쓰지 않으면서 제가 할 수 있는 일이라고 생각했습니다. 그렇게 제가 좋아하는 인플루언서 딱 열 명을 엄선해 추렸습니다. 새벽까지 정성껏 손 편지를 썼죠. 그리고 책과 함께 예쁘게 포장해서 그들에게 보냈습니다.

"그래서 효과가 좀 있었어?"

"딱 두 명이 본인 SNS에 공개해 주더라고요. 감사한 일이죠."

가만히 있었다면 그마저도 없었을 텐데. 그래도 나름 소기의 성과를 냈다고 생각합니다. 당시 제 책이 결혼과 관련된 책이니 결혼 준비 업체와 공동 마케팅을 제안하기도 하고, 청첩장 제작

업체와 이벤트를 하기도 했습니다.

"냉정하게 말해서 출판사에서 초보 작가에게 해 줄 수 있는 마케팅에는 한계가 있어요. 그걸 어떻게 극복하느냐는 진짜 형한테 달려 있는 것 같아요."

책을 쓸 때 가장 중요한 부분은 바로 '좋은 글'을 쓰는 것입니다. 그런데 아무리 좋은 글이라도 읽히지 않는 글은 쓸모가 없습니다. 포장도 뜯지 않고 버려지는 예쁜 쓰레기나 다름없습니다. 아, 쓰레기라니. 이건 말해 놓고 나서 제가 봐도 너무 가슴 아픈 말이라 벅벅 지우고 싶네요. 이렇듯 작가의 마음은 쓰리고 아프지만 그게 현실입니다.

"형, 그래서 하는 말이에요. 힘들게 쓴 글이 그냥 140권 중 하나로 사라지면 너무 슬프잖아요? 나무도 아깝고. 종이도 아깝고. 또 형이랑 술 마셔 줘야 되는 내 시간도 아깝고. 하아."

정리

지금까지 이 책에서 했던 얘기는 '내 책을 어떻게 탄생시킬 것인가'였습니다. 출판사와 교정본을 주고받는 단계라면 책이 태어날 날짜는 이미 정해진 것이나 다름없습니다. 이제부터는 세상에 태어난 내 책을 어떻게 잘 성장시킬까에 대한 고민이 필요한 시기입니다. 내 이름으로 된 책을 자신 있게 추천할 수 있도록 그 이름을 노출할 곳이 어디인지 고민해 보기를 바랍니다. 그렇게 내 책이 세상에 태어나는 짜릿함뿐만 아니라 무럭무럭 자라나 많은 이들에게 읽히는 뿌듯함을 꼭 누려 보길 바라겠습니다. 그것이 바로 우리가 책을 쓰는 이유일 테니까요.

5장. 위기는 왜 항상 뒤통수를 노릴까

"형 출판사에서 연락은 왔어요?"

제 물음에 선배 K의 표정이 좋지 않습니다. 교정본을 주고받으며 그렇게 기다리던 출간이 속도를 내나 싶었는데, 출판사에선 또 감감무소식이라고 하네요. 최종 원고를 투고하고 나서 1교까지 나오는 데도 오랜 시간이 지났는데 다시 또 기다려야 한다니 선배 K가 힘이 빠질 만도 합니다.

"분명 사정이 있을 테지만 기다리는 시간이 길어지니 답답하네."

출판 과정에서 작가가 겪게 되는 몇 가지 속앓이가 있습니다. 제일 처음 원고를 투고할 때 아무런 답장을 해 주지 않는 출판사를 보는 것도 답답하고, 내 의도와 다르게 편집되는 걸 보는 것도 답답한 노릇입니다. 그리고 무엇보다 최종 원고를 보냈는데 출간이 속절없이 지연되는 것. 이것 또한 말 못 할 답답함입니다. 이제 다 끝이라고 생각했는데 그게 아니니 말이지요.

"아니, 적어도 어떤 이유로 늦어지고 언제까지 하겠다는 걸 말해 줄 수는 있는 것 아냐? 그럼 기다릴 수라도 있지. 일정 공유가 안 되니까 이거 답답해서."

"형. 제가 얘기했죠? 저도 한번은 1년 정도 출판이 연기됐던 적이 있어요. 출판사에 자꾸 전화하는 것도 민망하고. 이러다 엎어지는 건가 싶기도 하고요. 생각하면 속상하니까 그냥 아예 잊고 살았던 것 같아요."

선배 K가 공감이 된다는 듯 끄덕입니다. 일단 원고를 넘기고 나면 사실 작가가 할 수 있는 일은 별로 없습니다. 출판사에서 한 단계씩 진행해 나가길 기다리는 수밖에요. 물론 출판사에도 사정은 있습니다.

어느 출판사 대표가 쓴 책에는, 주요 저자와의 출간 일정이 미뤄지거나 사정이 생기면 그때 초보 작가의 책을 출간한다는 말이 나오기도 합니다. 출판사에서는 가장 합리적인 판단을 하는 것일 수 있습니다만, 듣는 초보 작가의 기분은 참 씁쓸합니다.

"현실이 아무리 그렇다고 해도 꼭 그렇게 말해야 하나. 아오, 내가 서러워서 얼른 베스트셀러 작가가 되든지 해야지."

"그래요, 형. 그게 더 현실적인 방법일 수 있겠네요. 그리고 제가 확실하게 말할 수 있는 건, 첫 번째 책은 일단 이렇게 나오더라도 다음 책부터는 확실히 더 좋은 조건에서 출판할 수 있을 거예요. 이건 분명해요."

사실입니다. 첫 번째 책을 내고 나서 두 번째 책부터는 확실히 수월해집니다. 모든 부분이 다 새로워서 긴장하고 집중하며 출판을 진행하는 첫 번째 책과 다르니까요. 어느 부분에 힘을 줘야 하고 어느 부분에 힘을 빼야 할지, 무엇이 위험한 요소이고 그걸 관리하기 위해서는 뭘 해야 할지, 대략적인 그림이 머릿속에 잡히게 되니 훨씬 쉬울 수밖에요.

"그리고 첫 번째 책이라는 레퍼런스가 있으니 출판사와의 협상력 또한 좀 더 좋아질 거라고 봐요."

"응. 네 말이 맞아. 이번에 책 내는 과정을 죽 진행하면서 여러 가지 배우고 있는 거지, 뭐."

비즈니스도 결국 사람이 하는 것

기다림이라는 괴로움을 극복하기 위해서는 계약서에 출간 날짜를 분명하게 못 박는 게 중요합니다. 이미 계약이 진행된 상황이라면, 출판사와 허심탄회하게 터놓고 얘기해 보는 것이 좋습니다. 현재 상황 및 앞으로의 단계에 대해 명확한 계획을 요구하는 것도 필요하고요. 아마도 작가의 궁금증에 모르쇠로 일관하는 출판사는 없을 것입니다.

"형. 제가 좋아하는 아이유를 보면 거참 노래만 잘하는 게 아니라 본인의 스태프들을 살뜰하게 챙기더라고요."

그녀는 몇 해 전 본인 소속사와 계약을 갱신하는 조건으로 스태프들의 처우 개선을 들고 나왔다고 합니다. 저는 그게 굉장히 인상적이었습니다. 스태프들을 챙기지 않는다고 해서 그 누구도 비난하진 않을 텐데요. 그 배려는 결국 '팀 아이유'라는 이름의 스태프들이 10년 가까이 함께할 수 있었던 원동력이 되지 않았을까요. 그런 그녀를 보며 본질을 꿰뚫어 볼 줄 안다는 인상을 받았습니다.

"아, 그 기사 나도 본 것 같다. 그런 생각을 하다니 대단해. 근데 갑자기 아이유는 왜?"

실은 제가 아이유의 엄청난 팬인데요. 그녀가 세상을 대하는 태도와 사람을 바라보는 관점은 본받을 만하다고 생각합니다. 그런 태도와 관점이 일을 할 때에도 그대로 묻어 났던 것 같고요. 결국 그녀와 가장 가까이서 일하는 사람들이 끌고 밀어주는 힘으로 여기까지 온 것 아닌가 싶네요.

"형이 출판계의 아이유가 되면 좋겠어요. 내가 스태프로 뛰면서 형 덕 좀 보게요. 처우 개선 좀 해 주세요."

"뭔 소리야. 내가 베풀 수 있는 위치면 그렇게 하겠지. 근데 지금 완전 약자인 내가 뭘 할 수 있겠냐."

맞는 말입니다. 계약 관계에서 더 큰 영향력을 발휘할 수 있는 출판사에서 마음을 열고 작가를 대해야겠지요. 미약한 초보 작가라도 말입니다. 그런데 또 한편으로는 작가도 엄연한 계약 주체라는 생각이 분명 듭니다. 이 비즈니스 생태계를 구성하는 당당한 일원이지요. 그렇게 싫든 좋든 책을 낸 사람은 결국 출판 산업에 몸을 담은 것입니다. 저는 생태계의 일원으로서 이 산업이 좀 더 좋은 환경으로 나아가길 바랍니다. 환경이 나쁜데 그 속에서 진주 같은 콘텐츠가 나올 수 있다는 건 어불성설입니다. 출판사와 작가가 서로 애정을 가지고 함께 한 권의 책을 지었으면 하는 마음에서 선배 K에게 훈수를 두었네요.

그래도 안 된다면?

“형! 내가 훈수 두는 입장이니까 이렇게 말하는 거지. 뭐 막상 내 상황이었다면 나도 격분했을 거예요. 아, 실제로 나도 출판사랑 고성이 오가며 싸운 적도 있고요. 갑자기 그때 생각하니까 아이스 아메리카노 땡기네.”

“그래. 그러니까 자꾸 공자님 같은 말만 하지 마라. 완전 화도 잘 내는 게 무슨.”

“형, 근데. 오픈 마인드로 대화는 이어 가되 안 되면 당연히 계약 조건을 근거로 단호하게 이야기해야죠.”

출판사로부터 지속적으로 답변이 없다거나 출간 연기가 반복된다면 해당 내용을 근거로 계약 해지를 진행해야 합니다. 물론 출간 날짜까지 기다려야 하고, 그간 주고받은 메일을 근거로 출간이 정상적으로 이루어지고 있지 않다는 판단 근거를 마련해야 하지요. 앞서 ‘무료 법률 상담’ 부분에서 언급한 상담을 사전에 진행하면 더 좋습니다.

“그런데 굳이 이런 상황까지 가는 건 추천하고 싶지 않아요.”

그간 열심히 진행해 왔는데 김이 빠지는 것도 있고 무엇보다 감정적 소모가 클 것이기 때문입니다. 작가 입장에선 속이 타지만 출판사에서도 이렇게까지 하는 것에 대한 이유가 있을 거예요. 양측의 입장과 거리를 충분히 좁혀 나가야 결국 서로 윈윈할 수 있을 거라고 봅니다.

“이게 참 쉽지 않은 일인데요. 저는 최근 책을 낼 때 편집자가 참 인상적이더라고요. 저한테 손 편지도 보내 주고 선물도 사서 보내 주고, 물론 편집 과정에서 안내도 잘 해 주고 말이에요. 그 배려를 지금도 고맙게 생각해요."

"와, 그런 일이 있었어?"

"네. 이게 참 사람 바이 사람. 케이스 바이 케이스일 수 있는데. 디테일에 강한 사람이 있고 그게 좀 아쉬운 사람들이 있는 것 같아요."

정리

글이라고 하는 게 참으로 쓰기 어려운 것 같습니다. 하물며 내 이름을 달고 책을 낸다는 건 더더욱 부담스럽고 힘이 드는 작업이고요. 어쩌면 작가는 그 글에 자신을 투영하기도 하고 그렇게 애정을 쏟아부으며 애착 관계를 형성하는 것 같습니다. '글=자신'이 되는 것이지요. 그래서 누군가 내 글을 비난하거나 쉽게 평가하면 분노가 활화산처럼 끓고요. 반대로 글을 칭찬하면 자신을 칭찬한 것처럼 우쭐거리는 마음이 들기도 합니다.

그런데 출판은 이렇게도 민감한 '글'을 매개로 비즈니스를 하는 것입니다. 그러다 보니 출판사와 작가 양측 모두 상처받기 쉬운 상황이 만들어지는 듯합니다. 업의 본질상 이것을 쉽사리 극복하긴 어려워 보입니다. 다만 초보 작가라면 이렇게 민감한 상황이 있을 수 있다는 걸 알아 두는 게 중요합니다. 그리고 나는 과연 어떤 태도로 사람을 볼 것인가. 어떤 시각으로 이 비즈니스에 참여할 것인가를 생각해 봐야 합니다. 이 커다란 산업을 만드는 것도 결국 사람이기 때문입니다.

'팀 아이유'까지는 아니더라도 출판계에서 나만의 팀을 만들어 간다는 생각으로 출간 메이트들을 바라보는 것. 이건 저부터 그리 해 보려 합니다. 다음 편에는 드디어! 마침내! 기다리고 기다리던! 선배 K의 책을 공개하려고 합니다. 그 책이 무려 베스트셀러에 진입한 이야기도 함께 전하겠습니다.

6장. 책을 내면 비로소 달라지는 것들

서점에서

"형! 이제 편집은 잘 마무리된 거죠?"

"말도 마. 교정 한 번만 더 하면 늙겠다. 그동안 참 별일 다 있었네."

"형. 책 나오고 나면 다 추억으로 남을 거예요."

선배 K가 부쩍 수척해진 얼굴입니다. 그래도 오늘은 분명 의미 있는 날입니다. 바로 지난주, 온라인 포털에 책이 등록됐다는 말을 들었는데, 드디어 오늘은 서점에서 책을 볼 수 있는 날이니 말입니다.

책이 서점에 깔리기 전, 모든 책들은 국제 표준 도서 번호인 아이에스비엔ISBN, International Standard Book Number을 부여받습니다. 그리고 온라인 포털에 등록되는 과정을 거칩니다. 이는 출판사에서 진행하는데요. 일단 등록이 되고 나면 네이버 포털에서 내 책이 검색되는 신비로운 광경을 볼 수 있습니다.

"와, 여기 저자에 형 이름이 딱 나오네요. 축하해요."

그렇게 책 제목만 등록된 상태에서 책 이미지도 없고, 아무 설명도 붙어 있지 않습니다. 그냥 빈 화면에 책 제목만 덩그러니 온라인 공개가 되는 것이지요.

"이걸 보면 꼭 뭐랄까. 배 속에 있는 아이 초음파 사진을 보는 느낌이야."

"크으. 적절한 비유네요. 모르는 사람은 초음파 사진만 봐선 뭐가 뭔지 잘 모르죠. 근데 부모는 기가 막히게 알아보니까."

그로부터 며칠 후, 책 이미지가 등록되고 설명도 옹골차게 추가되면 책은 점점 형태를 갖춰 갑니다. 추상적 상상 속에 머물며 내 머릿속에만 있던 바로 그 책이죠. 일단 온라인에 형태가 드러나고 나서부터는 배본 일정을 잡습니다. 본격적으로 배본되기 전에 예약 판매를 하기도 하는데 유명 작가의 경우, 예약 판매만으로 베스트셀러에 오르기도 합니다.

인쇄된 책이 각 서점 매대에 깔리기까지 또 시간이 필요합니다. 인쇄소에서 책을 찍은 뒤 전국 서점에 배달해야 하기 때문이죠. 이 과정이 길게는 몇 주씩 걸리기도 합니다. 그런데 오늘은 바로바로 그날! 선배 K가 목이 빠지게 기다리던, 서점에 책이 들어오는 날이네요. 그가 들뜬 얼굴로 다급하게 저를 불러낸 이유입니다.

"형. 이런 날이 진짜 오네요."

"그러게."

"뭐야. 지금 울어요? 눈가가 좀 촉촉한데?"

"아니, 무슨 말을 하는 거야. 어제 잠을 잘 못 자서 눈이 충혈돼서 그래. 진짜 어이없네."

선배 K를 놀리는 재미가 쏠쏠한데 이제 책이 나왔으니 이렇게 놀릴 일도 없을 것 같아 아쉽네요. 함께 교보문고에 가서 보니, 거짓말처럼 신간 평대에 올려져 있네요. 예쁘게 나온 모습에 저 또한 감개무량합니다. 오늘은 이렇게 역사적인 날이니만큼 그간 꽁꽁 숨겨 온 선배 K의 책을 공개하려고 합니다.

"형. 이쪽에서 책 들고 사진 한번 찍어요."

사람들로 북적이는 교보문고인데. 그는 민망해하면서도 책을 들고 낯부끄런 포즈를 취합니다. 또 책을 쓰다듬으며 흐뭇해합니다. 혹시라도 자신의 책이 잘 안 보이는 곳에 놓일까 봐 책을 바르게 놓아 둡니다.

"얼른 몇 권 사서 같이 나가요."

이 기회를 놓칠 제가 아닙니다. 오늘만큼은 선배 K에게 제대로 얻어먹고 말리라 벼르고 있었습니다. 곧장 서점 안 식당 중 돈가스를 제일 잘 튀긴다는 곳으로 갔죠. 그간 그와 못다 한 이야기를 쏟아 냈습니다.

책을 내면 달라지는 것들

"기분이 어때요?"

"초능력이 생겨서 약간 붕 떠 있는 것 같아."

방금 전 초능력이 생겼다는 선배 K의 책을 간단히 소개하자면 어머니가 돌아가신 후 시작된 가족 여행 이야기입니다. 좀 특이한 게 있다면 환갑이 넘은 아버지와 6세 아들을 데리고 떠난 여행이라는 점입니다. 그러니까 남자로만 이루어진 삼대의 여행인 것이지요. 여행 장소도 거친 남자들에게 잘 어울리는 미국 서부 사막입니다.

"꽃보다 할배, 미국 서부판이네요."

실제로 책을 보면 아버지의 고집과 아들의 응석 때문에 선배 K가 복장 터지는 모습을 자주 볼 수 있습니다. 그가 미치고 팔짝 뛸수록 독자는 즐겁게 읽을 수 있으니 괜찮습니다. 어쨌든 그렇게 모험과 어색함이 가득한 여행을 통해 가족은 아픔을 이겨 내고 추억을 만들어 갑니다.

"초반에 진짜 재밌더라고요. 여행 코스 하나 정하는 것도 아버지랑 의견이 안 맞아서 이렇게 정했다가 다시 바꿨다가 또다시 바꿨다가, 변덕스러운 상사 보는 것 같았어요."

"나도 우리 아버지가 그 정도인 줄 몰랐어. 여행 가서도 아버지는 최대한 여러 곳을 둘러보며 사진을 찍고 싶어 하시고, 우리 집 꼬맹이는 한군데 눌러앉아 물놀이나 하고 싶어 하니까. 계속 어르고 달래고 밀어붙이면서, 정작 나 하고 싶은 건 참느라 어금니 깨물고 다녔어."

쉽지 않은 시간이었을 것 같네요. 그래도 분명한 건 여행에서 돌아왔을 때 선배에겐 추억이 한 보따리 남았다는 것입니다. 보고 있으면 뭔가 흐뭇해지는 가족 이야기에서 우리 가족 모습이 보이기도 하고, 그의 답답함이 느껴지기도 하고. 그런 재미가 독특한 느낌을 선사하는 책인 것 같습니다.

"고생 많았어요. 형이랑 처음 만나서 어떻게 책을 낼지 얘기한 게 얼마 전 같은데. 이런 날이 오네요."

"그러게. 그간 별일 다 있었는데 이렇게 책을 손에 쥐고 나서 보니 진짜 얼떨떨하네."

"그 긴 여정 동안 제일 기억에 남는 순간이 언제예요?"

이제 막 구입해 온 본인 책을 만져 대는 선배 K에게 물었습니다. 질문을 안 하면 책이 닳아져 버릴 것 같아서입니다.

"여러 번 투고 메일 보냈는데. 첫 번째로 관심을 가져 준 출판사가 보낸 메일이 있거든. 그 메일을 열었던 순간이 제일 기억에 남네. 사랑을 고백한 상대에게서 '그러자!'라고 답변을 받은 직후의 느낌이었어."

그가 이제는 사랑에 빠진 소년의 모습으로 말합니다. 생각해 보면 저도 그런 것 같습니다. 처음 원고를 투고할 때 '과연 이게 될까'라는 마음이었습니다. 조마조마하면서 첫 번째 메일을 열었을 때 감격이 지금도 생생합니다. 저 멀리 우주 밖으로 모스 부호를 보냈는데 누군가 거기에 답한 느낌이었죠.

"그럼 책 내고 제일 기뻤던 순간은 언제예요?"

"응. 이거 좀 구차한데. 출판되기 며칠 전부터 인터넷 서점 사이트에서 새로 고침을 반복했거든. 그러다가 마침내 책이 짠 하고 나타났을 때! 그때가 진짜 기쁘더라. 원고가 출판사에 채택된 것도 좋고 이렇게 내 책을 만져 보는 것도 좋지만 결국 출간이 확인되었을 때가 가장 기뻤던 것 같아. 뭐니 뭐니 해도 출간된 순간이 최고야!"

그가 돈가스를 다 씹지도 않고 열변을 토합니다. 이게 바로 신간 출시 매직일까요. 10년 가까이 그를 봐 왔지만 이렇게 벅찬 표정은 처음이었습니다. 지나가는 사람 아무나 붙잡고 '저기요. 제가 오늘 책을 냈어요'라고 말하다가 미친놈 취급을 받아도 히죽히죽 웃을 것 같네요.

이 큰 서점에 처음 푸드 코트가 들어왔을 때 좀 뜨악했는데 오늘 보니 참 다행스러운 일입니다. 이제 막 책을 출간한 저자와 밥을 먹으며 신나게 책 이야기를 할 수 있으니 말이지요. 그것도 좋아하는 책들에 둘러싸여 그것들을 호기심 가득한 시선으로 보는 사람들 틈바구니에서요. 이렇게 와글거리는 사람들이 선배 K의 책을 한번쯤 들춰 보길 바랍니다.

"형, 책 그만 만지고 좀 먹어요."

그와의 북 토크는 그러고도 한참을 더 이어 갔습니다. 책을 내면서 기뻤던 순간, 괴로웠던 순간, 슬펐던 순간, 화났던 순간, 환호했던 순간, 갑갑했던 순간, 포기하고 싶던 순간 등 길고 긴 이야기를 또 끝없이 풀었습니다.

"형, 이 책에 내 지분도 있는 거 맞죠? 이렇게 책 나오니까 나도 진짜 기뻐요."

그가 처음 책을 쓰겠다고 말했을 때부터, 모든 과정을 옆에서 지켜본 저로서도 그의 책 출간은 각별하게 다가왔습니다. 무엇보다 출간의 기쁨을 선배 K에게 안겨 줬다는 보람이 크고요. 벅차오르는 그의 감격을 오래오래 기억할 수 있도록 오늘은 그와 함께 책 이야기를 좀 더 해야겠네요. 저 또한 이 기쁨을 마음 구석구석 느끼며 오래도록 즐겨야겠습니다.

BOOK

7장. 그의 책은 어떻게 베스트셀러가 됐나

선배 K의 책《그렇게 몽땅 떠났습니다》*가 이 세상에 태어난 지 1년 하고도 수개월이 지난 지금. 그의 책은 거짓말처럼 잘 팔렸습니다. 옆에서 보고 있는 저도 믿기지 않을 정도입니다. 출간하자마자 중쇄를 찍는 기염을 토했으니 말 다했지요. 여행 카테고리 베스트셀러에는 진작에 진입했고 한때는 종합 베스트셀러까지 노리기도 했죠. 초보 작가의 책이 이렇게 잘 팔리는 건 진짜로 드문 일입니다. 대부분의 책들이 첫 쇄만 출판하고 사라져 가는 게 현실이니까요. 오죽하면 〈중쇄를 찍자!〉**라는 만화 시리즈와 드라마가 있겠느냔 말이지요.

"아, 믿기지가 않아요. 처음에 형이 책 낸다고 했을 때 솔직히 중간에 흐지부지될 줄 알았거든요."

그렇습니다. 하나의 주제를 가지고 12만 자를 풀어낸다는 게 처음 도전하는 사람에게 크나큰 부담일 수 있습니다. 게다가 우리처럼 회사를 다니는 직장인들에게는 더욱 그렇고요. 퇴근 후에 소파에 구겨져서 밀린 넷플릭스 드라마 따라잡는 것도 버거운 일이니 말입니다.

"맞아. 회사 다니면서 책 쓰는 게 쉬운 일이 아니긴 하더라. 근데 나는 또 불가능한 일도 아닌 것 같아. 이게 처음이 어렵지

---

* 《그렇게 몽땅 떠났습니다》, 김지수 저, 두사람, 2020.

** 〈중쇄를 찍자!〉 시리즈, 마츠다 나오코 저, 주원일 역, 애니북스, 2015.

일단 시작하면 가속도가 붙는 것 같고".

"그렇게 말하니까 진짜 무슨 베스트셀러 작가 같네. 어깨에 힘 좀 빼요."

오늘은 그를 붙잡아 놓고 일종의 인터뷰를 진행해 보려고 합니다. 원래 이런 것까진 안 하려고 했는데 그의 책이 흥행했으니 무슨 비법이 있었나 들어 보지 않을 수가 없네요. 혹시 모르지요. 제가 모르는 혼자만의 비기를 숨겨 두었을지도요.

선배 K와 함께한 일문일답

Q. 일단 축하해요. 책이 3쇄를 찍었어요. 대박 사건! 기분이 어떤가요?

A. 기분 너무 좋아. 요즘에는 아침에 일어나자마자 핸드폰 켜고 몇 권이나 팔렸을지 확인해. 10년 넘게 회사에서 일했는데 이렇게 눈뜨자마자 매출 확인한 적은 한 번도 없었어! 책은 '내 일'이라는 생각이 들더라. 그런 쫀쫀한 느낌이 너무 좋아. 다른 직장인들도 이 경험을 꼭 해 봤음 좋겠어!

Q. 책은 어떤 계기로 쓰게 된 거예요? 갑자기?

A. 내 이름이 박힌 책을 손에 쥐어 보는 것. 누구나 갖고 있는 로망이라 생각해. 아무리 소심한 사람이라도 주목받고 싶어 하는 경향이 있잖아. 아무튼 나는 오래 간직한 로망을 실현하고

싶었고 내가 만든 책으로 내 존재를 증명하고 싶은 마음도 있었던 것 같아.

Q. 책 내고 나니 다른 책을 볼 때 어떤가요? 책이 책으로 안 보이고 고생이나 고통으로 보인다든가? 사실 저는 그랬거든요.

A. 책을 볼 때마다 과거에는 그냥 지나쳤던 작가 소개나, 목차를 꼼꼼하게 읽어 보게 되더라. 책을 써 보니 모든 역량이 집중되는 게 목차와 프롤로그라는 걸 알게 됐어. 그동안 쌓아 온 문학적 역량이 표출되는 곳이 저자 소개 공간이라는 것도 알게 됐고. 그런 것들을 꼼꼼히 읽으며 내가 쓴 것과 비교해 보게 돼. 그렇게 읽으면 또 다른 재미가 있어.

Q. 베스트셀러에 빠르게 진입할 수 있었던 이유는 뭘까요? 결정타를 꼽자면?

A. 결정타는 결국 많이 알렸던 것? 나는 책을 알리기 위해 직접 서평단을 모집했어. 우선 서평단 카페에서 20명을 모집했고 2차, 3차 서평단 이벤트를 했지. 그렇게 책을 한 50명에게 보냈나? 이때 책은 내가 직접 구매해서 '내돈내산'으로 보냈어. 또 책에 사인을 해서 보냈지. 이게 초기 판매고가 높아지는 계기가 되고 전혀 인지도가 없을 때 빠르게 입소문을 내는 선순환 구조가 만들어졌다고 생각해.

Q. 책 쓰기를 망설이는 직장인들에게 한마디한다면요?

A. 책을 쓴다는 게 남의 나라 이야기로 들릴 수 있어. 그런데 해 보니까 충분히 가능한 일 같아. 엄청나게 고통스럽거나 크게 어렵지도 않고. 하고 싶은 말이 있다면 그걸 꾸준히 글로 남기며 생각을 정리하는 거지. 책 쓰기, 꼭 시작하고 반드시 도전해 봤으면 해.

Q. 회사를 다니며 책을 쓰는 건 어렵지 않나요? 시간 관리가 쉽지 않을 텐데?

A. 쉽지 않은 건 맞아. 에너지와 관심은 칼같이 이등분, 삼등분 되지 않으니까. 취미처럼 글을 메모하고 수집하고 잘 짜깁기 해서 주제를 만들어 묶는 형식이라면 그래도 수월할 것 같아. 물론 상당한 시간과 에너지를 쏟아야 해. 잠을 못 자는 경우도 많고, 가정에 신경을 못 쓰기도 하고. 그래도 누구나 할 수 있는 일이고 일생 동안 한번은 꼭 해 볼 만한 일이라고 봐.

Q. 책을 쓰고 싶은 사람이라면, 지금 당장 뭘 해야 할까요?

A. 쓰고 싶은 분야와 주제를 정해 보면 좋을 것 같아. 그러려면 유사한 책을 많이 찾아봐야 해. 이런 주제로 어떤 이야기를 썼고 어떻게 이야기를 전개해 나갔는지 사례를 많이 보고서 영감을 얻는 거지. 나도 그러다 어느 날 갑자기 해 보고 싶은 이야기와 전달하고 싶은 방법이 떠오르더라.

Q. 그동안 내가 진행한 멘토링 내지는 출판 비법 공개가 도

움이 됐나요?

A. 일단 할 수 있다는 용기를 주고 동기 부여를 해 준 게 큰 도움이 됐어. 바로 옆에서 다양한 책을 내 본 경험담을 들으며 영감을 받고 의욕을 불태울 수 있었지. 그리고 새로운 단계로 넘어갈 때 결정적 정보와 의견을 줬잖아. 네가 내 스승이다! 이건 진심이야. 아무것도 모르는 백지상태였는데. 혼자서 출간 과정을 한 단계 한 단계 밟았다면 훨씬 많은 시간을 버리고 삽질도 많이 했을 것 같아. 완전 새로운 영역에서 도전을 이어 가는 초보자로서 선배의 노하우가 진짜 큰 도움이 됐어. 생유!

Q. 베스트셀러 작가가 됐는데. 수강료 지불 차원에서 수익 공유는 진짜 안 할 거예요?

A. 응? 글쎄? 책 정가는 세상에 알려졌고, 작가가 가져가는 인세가 어느 정도 수준인지 이 책을 통해 네가 온 세상에 알렸잖아. 결국 베스트셀러라고 해도 수익금이 얼마인지는 뻔하지. 인세 수익은 마음만 먹으면 1초 만에 써 버릴 수 있는 정도이지만, 네 말대로 삶에 가져다주는 활력이 어마어마해. 게다가 첫 출간으로 얻는 경험이 정말 특별하지. 그래서 그런 것들의 가치는 인세의 열 배 이상이라고 봐.

Q. 마지막으로 하고 싶은 말 있어요?

A. 이 짧은 인터뷰를 읽는 독자도 책 쓰기에 도전하는 사람들이겠지. 그래서 한마디하자면, 독자 여러분! 여러분도 할 수 있

으니 꼭 써 보길 바랍니다! 서양수 작가가 소개한 것처럼 시간을 정해 놓고 쓰는 것도 방법이고, 하루에 한 꼭지의 글을 완성하는 것도 방법이에요! 그러기 위해서 자신만의 시간을 꼭 만들어 내길 바랍니다. 떠오르는 생각을 늘 메모하세요. 퇴근길 단 10분이라도 집 앞 벤치에 앉아 하루를 정리하는 습관부터 가진다면, 메모가 글이 되고 그 글이 모여 책이 될 거라고 확신합니다. 화이팅!

편집장 M의 팩트 체크

Q) 선배 K의 책이 베스트셀러가 된 결정적 요인이 뭘가요?

A) 책 한 권이 베스트셀러가 되기까지 여러가지 요인이 작용합니다. 탁월한 표지 디자인, 제목 덕분도 있겠고, 물론 내용이 좋아야 하는 건 기본이지요. 《그렇게 몽땅 떠났습니다》는 '엄마가 죽고 나서 삼대가 떠난 여행'이라는 명쾌한 콘셉트가 힘을 발휘했다고 봅니다. 출간 직후부터 작가 분이 SNS 마케팅을 정말 열정적으로 한 것도 분명 주효했고요.

8장. 다시, 퇴근 후 글 쓰러 갑니다

또 다시 책으로

지금까지 역전의 용사, 선배 K의 출판 성공담이었습니다. 그에게 이렇게 오랫동안 출판 코칭을 했는데, 제가 가만히 있을 순 없죠. 그의 책이 베스트셀러까지 진입하는 마당에 저도 뭔가를 보여 줘야 할 것 같습니다. 그동안 그와 나눴던 대화와 학습 사례들을 복원해 책 한 권으로 만들어 보면 어떨까요. 지금 보고 계시는 이 책이 탄생하게 된 배경입니다.

"그래, 그냥 넘어가기엔 너무 아깝지. 성공 사례까지 있는데."

선배 K가 얄밉게 커피를 홀짝거리며 충고합니다. 저에게 책을 써 보라고 말이지요. 이제는 초보 작가의 물이 완전히 빠진 것 같네요. 그간 자신과 나눴던 시간을 복기해 책으로 엮으면 출간을 준비하려는 초보 작가들에게 분명히 도움이 될 거라는 의견도 주네요.

"그리고 까짓거 내가 모범 사례로 등장해 줄게. 원한다면 얼굴도 까고 말이야. 하하."

모범 사례는 맞지만 얼굴 공개는 사양했습니다. 어쨌든 선배 K와 지금까지 나눴던 대화와 그에게 공유했던 자료들을 차근차근 정리해 보기로 했습니다. 그에게 코칭할 자료들을 모으면

서부터 책 쓰기는 이미 시작됐는지 모르겠네요. 그렇게 홀린 듯 지금까지의 얘기들을 빠르게 정리해 나갔습니다. 그동안 메모했던 내용들을 보며, 불필요한 얘기들은 쳐내고 앞뒤가 맞지 않는 부분은 다시 쓰며 말이죠. 쓰고 고치고를 반복하니 수개월이 후다닥 지나갔습니다. 시간과 노력은 완성된 원고와 제안서로 치환돼 어느덧 제 손 위에 놓였습니다.

"이만하면 된 거 아냐? 내 책《그렇게 몽땅 떠났습니다》를 냈던 출판사 대표님한테 의견 한번 들어 보는 거 어때?"

선배 K가 원고가 얼추 마무리된 시점을 귀신같이 알아보고 말을 건넵니다. 안 그래도 이번 주에 출판사 대표를 만나기로 했다며 저에게 원고와 제안서를 얼른 달라고 채근합니다.

'아직 다 완성된 게 아닌데.'

제 의견 따윈 이제 듣지도 않네요. 어쨌든 선배 K를 통해 출판사로 원고가 넘어가고 다음 날 바로 연락이 왔습니다. 저를 만나고 싶다고 말입니다. 벌써요? 그리고 마침내 두사람출판사 김준영 대표와 미팅을 가졌습니다.

"혹시, 서양수 작가님?"

"네, 김 대표님?"

광화문의 한 식당에서 그렇게 어색한 만남이 이뤄졌습니다.

"사실 저희 아버지도 책을 쓰고 싶어 하거든요."

김 대표는 본인 아버지 얘기를 꺼냈습니다. 실은 누구나 마음속에 그런 꿈을 품고 있는 것 같습니다. 그분들을 위해 이 책을 시작한 것이기도 하고요. 김 대표도 같은 생각이었습니다. 출판업에 종사하며, 무수히 많은 작가를 만나며, 자신의 생각을 책으로 엮어 내는 사람들을 볼 때면 그렇게 뿌듯할 수가 없었다고 합니다. 그러면서 그는 제게 물개 박수를 쳐 주었습니다.

"아, 이제 왔어요?"

미팅 막바지에 선배 K도 등장했습니다. 커피를 사 준다는 명목으로 김준영 대표도 볼 겸 나온 것입니다. 선배 K와 그의 책을 펴낸 출판사 대표, 또 저까지 세 사람이 모두 모인 자리는 신기하고도 신나는 경험이었습니다. 어떤 면에서 모두가 조금씩 연결되어 있는 사이입니다. 그간 서로의 존재만 알고 있었는데 이렇게 한자리에 모이다니요. 선배 K가 심판처럼 가운데에 앉았습니다. 그렇게 그의 책을 편집한 얘기, 그 책이 시작된 얘기, 지금 여러분이 읽고 있는 이 글이 탄생한 얘기들이 오갔습니다. 그리고 기분 좋게 자리는 마무리되었습니다.

"어때? 괜찮았어?"

얼마 후 선배 K가 부동산 중개인처럼 제게 묻습니다.

"네!"

이토록 유쾌한 자리를 이어 갈 수 있다면, 이 출판사와 관계를 지속하는 것도 재미있을 것 같았습니다. 작은 출판사만의 충분한 강점이 있을 거란 생각에 어쩐지 함께 모험해 보고 싶었습니다. 또 선배 K와 같은 출판사와 일하며, 시너지를 낼 수 있는 부분도 있을 거고요.

"형이 쓴 책이랑 나란히 서점 매대에 올려지면 좀 웃길 것 같긴 해요."

선배 K에게 책을 써 보라고 권유한 게 저였는데, 이제는 선배 K의 권유로 제가 또 책을 쓰게 되었네요. 어쩌다 보니 여기까지 오게 됐습니다. 이왕이면 결과가 좋아야 할 텐데요. 과정이 좋았으니 이미 반은 성공한 거라며 그와 함께 오랜만에 호탕하게 웃었습니다. 또 한 권의 책이 서점에 꽂힐 날을 기대하며, 이제 글을 마무리할 때입니다.

에필로그.
책 한 권을 얻었습니다

선배 K와 숨 가쁘게 달려왔습니다. 근 1년 동안 계절이 바뀌고 뱃살이 늘고 눈가의 주름이 몇 줄 더 생겼지만. 그래도 책 한 권을 얻었습니다. 내가 좋아하는 형이 작가가 되었습니다. 그게 그렇게 뿌듯할 수가 없습니다. 제게 찾아와, 본인도 책을 쓰고 싶다고 어리바리하게 말하던 날이 기억납니다. 돌이켜 보니 그와 함께 참 많은 이야기를 나눴네요.

첫 번째 챕터에서는 '출간 준비'라는 주제로 출간을 위해 가장 먼저 무엇을 해야 하는지 짚어 봤습니다. 출간이 되는 글은 뭐가 다른지, 분량은 얼마나 돼야 하는지 등 초보자라면 누구나 궁금해할 내용을 이야기했고요. 아울러 출판 과정 8단계를 소개하며 앞으로의 여정을 빠르게 훑어봤습니다.

두 번째 챕터에서는 '제안서 씹어 먹기'라는 주제로 출간 제안서 작성법을 살펴봤습니다. 제가 썼던 출간 제안서도 공개했고요. 출간 작가들의 자기소개를 살펴보며, 팔리는 제안서를 쓸 수 있도록 했습니다. 그렇게 선배 K와 원고 투고까지 함께 했고요.

세 번째 챕터에서는 '계약과 탈고'를 주제로 이야기했습니다. 출판사와의 계약 및 인세 문제, 인용과 저작권 문제 등을 어떻게 처리할 것인가를 다뤘습니다. 실질적으로 선배 K가 도움을 받을 수 있도록 각종 자문 기관을 소개하며 그를 팍팍 지원했던 기억이 나네요.

"와, 이렇게 다 되짚어 보니까 진짜 많은 일이 있었네."

"그러네요. 다시 보니 새록새록 해요. 이렇게 또 한 권 써야죠?"

선배 K와 그간 있던 일을 떠올리자 서로를 다독이게 됩니다. 그러고 보니 우리는 중요한 사실을 하나 알게 됐습니다. 책 한 권을 쓴다는 건 어렵고 괴롭지만. 또한 피곤하고 번거롭지만. 그게 아예 못 할 만큼 절망적인 일도 아니라는 사실을 말이죠. 처음 이 글을 시작한 까닭은 그에게 작은 성공을 안겨 주고 싶어서였는데요. 그는 확실한 재미에 푹 빠진 듯합니다. 벌써 다음 책을 구상하겠다며 자신감을 뿜뿜 뿜고 있으니 말이지요.

"이게 처음이 어렵지, 두 번째, 세 번째는 또 금방이라니까요."

선배 K에게 말했습니다. 이 글을 읽는 분들도 꼭 성공의 쾌감을 느껴 보길 바랍니다. 따지고 보면 요즘같이 책 쓰기 좋은 시절이 없습니다. 누구나 SNS에 글을 쓰고 블로그에 자기 생각을 모을 수 있으니까요. 그야말로 인류 역사상 출판이 가장 쉬운 시대에 우리는 살고 있습니다.

"제가 진짜 좋아하는 작가 중에 말콤 글래드웰이라고 있거든요."

그의 책에는 지금껏 알던 통념과 상식을 뒤집으며 새로운 시각으로 세상을 보게 해 주는 힘이 담겨 있습니다. 그의 대표작 중 하나인 《다윗과 골리앗》에서는 약자가 강자를 이기는 반전 기술에 대한 이야기가 나옵니다. 약자는 보기보다 약하지 않으며 강자는 생각보다 약할 수 있다는 얘기이지요.

지금의 출판 환경 또한 비슷하게 설명할 수 있지 않을까요. 우리처럼 사이드 프로젝트로 책을 내는 아마추어 작가가 실은 약자가 아닌 유리한 위치를 점할 수도 있습니다. 각자가 일하는 분야에서 다양한 체험과 참신한 시각을 바탕으로 글을 쓸 수 있기 때문입니다. 또 요즘에는 그런 시도가 주목받는 시대이기도 하고요.

"그래서 저는 앞으로 더 많은 아마추어 작가들이 등장할 거라고 봐요."

최근 몇 년 사이 출판계에선 사회학자가 아닌 이가 시대를 정의한 책, 철학자가 아닌 이가 사색의 결과를 풀어낸 책이 주목을 받았습니다. 올 한 해 또 어떤 책이 세상에 태어나 독자들을 즐겁게 할까요. 저는 그 책들 가운데 여러분의 책도 한 권 포함돼 있길 바랍니다. 독자보다 작가가 많은 시대. 여러분만의 시각을 담아 낸 새로운 이야기가 궁금합니다.

평범한 일개미의 작가 데뷔 프로젝트

퇴근 후 글 쓰러 갑니다

1판 1쇄 발행일 2021년 5월 31일

지은이 서양수

펴낸이 김민희, 김준영 | **편집** 김민희, 김준영

디자인 이유진, 김명선 | **영업** 김영란

펴낸곳 두사람 | **전화** 02-6442-1718

팩스 02-6442-1718 | **메일** twopeople1718@gmail.com

출판등록 2016년 2월 1일

ISBN 979-11-90061-28-5 03800